捕虜収容所

青木陽子 著

民主文学館

光陽出版社

目次

捕虜収容所

吾等は日本人を民族として奴隷化せんとし、又は国民として滅亡せしめんとするの意図を有するものに非ざるも、吾等の俘虜を虐待せる者を含む一切の戦争犯罪人に対しては峻厳なる正義に基き処罰を加ふべし。

（ポツダム宣言十条）

1

夫の所属する歌声グループの発表会があった。ほぼ二年に一度行われるようになっていて今回は四回目。年明けの冷たい風の吹く日だったが、地域に根付いてきているようで開会前にほぼ満席になっていた。

私の座っている席の隣が一つぽつんと空いている。会場は照明が半分落ちて暗くなりかけている。通路をきょろきょろと周囲を見回しながら歩いていた女性がこちらを向いて、そこ空いてますかと私に声をかけた。ええ、空いてますよと応えると女性は笑顔になった。

私の並びの何人かの座席の前を、すみませんと声をかけながら、前の席の背もたれに沿うように近づいてきて隣に座った背の高い女性に何となく見覚えがある。地域の集まりなどで顔を見ている人がたくさん来ている会ではあるが、彼女はそういう人たちよりも若い。そうは言っても五十歳に少し前というところだろうが。だがやはり若い。そして、若い女性にあまり知り合いはない。

彼女の方も、私に頭を下げてから、あ、と言うように目を瞠った。それから、あの時の、とささやくような声を出した。こちらはまだ思い出せないで戸惑っていると、椅子に腰を下ろして、ほら図書館で、車、すっかり直してもらいました。開会のベルが鳴る中で、顔を寄せてそう言う。ああ、と私も抑えながら声を出して、まあ、こんなところで、と言い添えた。舞台の左手から合唱団のメンバーが入場し始めていた。

二カ月ほど前、その日も風の冷たい日だった。図書館の駐車場でうっかり停めてある車に接触した。カウンターで事情を話し、車のナンバーと車種を告げると、放送で車の持ち主を呼び出してくれた。少し緊張して待っていると、ショートヘアの女性が軽やかに階段を降りてきた。薄手の白のセーターにグレーのカーディガンを羽織っている。すっきりした身なりに、大した根拠もないのに何となくほっとしていた。彼女は私の話を聞くと、大きな目を丸くしたが、疵を確認した上で、こちらの保険会社から連絡をしたいという申し出に素直に頷いた。

前半が終わったところで休憩になった。天井の照明が点いて、会場が徐々に明るくなっていく。

「私初めてなんですけど、お客さん、いっぱいですね」

後藤さんでしたね、とこちらの名前を確認し、それには頷いたものの、えーっと、とまだ名前を思い出せない私に、川端理沙です、と名乗ってから、彼女は笑顔でそう言った。

「初めてですか。なかなかいいでしょう」

そうだ、そんな名前だったと思いながら応えた。

「歌も、本格的で、正直驚いています」

くすっと笑う。

ここの発表会は本格的な合唱曲から始まることが多い。それから平和の歌や労働歌、童謡や流行りの歌謡曲なども順次披露される。

「あなたくらいの若い人がもっとたくさん聞きに来てくれるといいんだけど」

「いつも来てらっしゃるんですか」

夫がステージに立っていること、それで毎回聴きに来ていることを告げた。

「あら、どのパート？」

「バスです。一番後ろの列の右から二番目」

「じゃ、今度は良く見よう」

そういってから、彼女は、今日の発表会はチケットを買っていた叔母が、行けなくなったからと言って持ってきたのだと言った。叔母はいろいろ平和のことを考えていて活動しているのだと言う。自分は今まで政治のことをきちんと考えたことがなかったけど、叔母の言うように、確かに最近の日本はちょっとおかしいと思い始めていると言った。それで、叔母の薦めるこの会にも来てみたのだと。

最後近く、飢えたアフリカの子どものことをうたった歌や、過去の戦争に関わる歌が披露された。理沙は涙を流していた。私も同じで、ハンカチで目頭を押さえながら、ふっと脇を見たらこっちを見ていた彼女と目が合って、二人泣き笑いの体《てい》になった。

終わって並んで会場を出た。陽射しはまだあるが、風が出てきている。

「どうやって帰られるんですか」

理沙が声をかける。

「バスです。少し時間があるけど」

時計を見ながら言った。来るときは夫と一緒だったが、彼は後片付けがあるので、一人で帰らねばならない。

「送りましょうか」

え？　と思わず声を出した。例の一件で、住所はわかっている。それほど遠回りでもないような気がすると理沙は言った。それは確かにそうではあったが、驚いた。驚きながら、甘えることにした。

車の中で、歌われた曲の感想から連想ゲームのようにいろいろな話をしたが、戦争の話に行き着くと理沙から質問攻めにあった。こちらを向いて質問するたびに、理沙の目がきらりと輝く。数年前の安保法制の議論の時、叔母が「戦争法」と言っていて、その言い方にちょっと反発した。戦争をしたいと思ってする人なんかいないよと。でも、今はそう言うのもわかるような気がしている。息子が突然いろいろ質問してくるようになった。でも、訊かれても何も答えられない。自分が何も戦争のことを勉強してこなかったと思っているると言った。

こんなに話に一所懸命で運転は大丈夫かと心配になったが、ちゃんと状況を見てタイミングを計っている。若いだけでなく、運転の腕は確かなようだ。停まっている車にぶつけるような私なんかはさぞかし無様に見えるに違いない、せめて少しは理沙に応えようと頭をフル回転させるが、理沙の知りたい戦争については、簡単な歴史など少しは知識があっても、体験がある訳でもなくて不十分にしか話せない。それでも理沙は、車を降りた私に、ありがとうございました、また、いろいろ教えてくださいと、気持ちのいい笑顔を見せて去って行った。

理沙から電話があったのはそれから二週間ほど過ぎた二月初旬だった。冬なのにさほど寒さを感じず、一度くらいは降ってもいいのにと思わないでもない雪も見ないまま冬を終えそうな気配があった。このまま春になるのかねえ、だんだん四季の感覚をなくしそう、などと、用件が済んだあと少しお喋りをしていた友人との通話を終えて、受話器を置いた途端にまたベルが鳴った。

「後藤さん、突然なんですが、有松に戦争の時の捕虜の収容所があったと聞いたんですが、ご存じですか」

名前を名乗ると、挨拶もそこそこに理沙は早口にそう言った。私は殆ど絶句して、電話機の向こうの理沙のきらきら光る大きな目ばかり思い浮かべていた。

2

私が自分の住む土地のすぐ傍に、かつて日本軍の捕虜収容所があったことを聞いたのは、かれこれ十五年前、今の住まいに転居して間もない頃だった。

当時私は五十五歳で定年まで五年を残して職場を退職したばかりだった。同居の姑を、いよいよ昼間一人にしておけなくなったという事情があったのだが、それならいっそ介護もしやすく、自分たちが老いても棲み易い家を手に入れようではないか、ならば姑のまだ体の動くうちにと、夫と話し合って転居に踏み切った。と言っても、前の地域からさほど離れない名古屋市緑区の東のはずれ、都会と言えば都会、田舎と言えば言えなくもない地域だった。

転居前の地で九条の会設立に関わっていた私は、新しい土地に移って間もなく、こちらでやはり運動を進めている人たちの訪問を受けることになり、転居後のあれこれが片付いた頃、その地域九条の会主催の「戦争体験を語る会」に参加した。初めて捕虜収容所の話を聞いたのはその時だった。

「空からチョコレートが降ってきたんです」

私より十歳程は上かと思われる小柄な女性が手を挙げてそう発言した。

「終戦になって、捕虜のために、収容所の近くに、米軍がＢ29からチョコレートとか缶詰とかを落としたんです。私たちは、そのおこぼれをもらった訳」

空からチョコレートや缶詰が降ってくる？　Ｂ29が落とすのは爆弾や焼夷弾ばかりではないのかと、この発言には驚いた。どこやら半信半疑でもあった。だが、当時小学校に上がるかどうかという年ごろであったであろう彼女の感覚の表現としては、それはふさわしいものであったかもしれない。その言葉から私が想像したのは、空から板チョコや銀色の包み紙にくるまれたチョコレート、牛肉やバターの缶詰がばらばらと落ちてくる様で、まさかそれはないと思いながら、「捕虜収容所」という言葉に衝撃を受けていた。

どこに収容所があったのか、どれくらいの規模だったのか、周辺の人はどんな風に対していたのかなど口々に質問が出された。年配の彼女から、それらに誰もが納得できる答はなかった。だが、場所だけははっきりと示された。

名古屋市の地下鉄や市バスと並んでこの地域の交通網に大きな位置を占めるのが私鉄の「名古屋鉄道」通称「名鉄」であるが、その名鉄の「有松」駅から緩やかな坂を上ったところに小学校があり、すぐ傍の丘陵地帯に株式会社「日本車両」の社宅がある。その地に、かつて捕虜収容所があり、捕虜たちは終戦まで毎日電車に乗って、別の地域にある日本車両の工場に働きに行っていた、と彼女は発言した。

興味深い話だった。これまで何度か戦争体験を聞く機会があったが、空襲体験や身内が戦地で死んだ話など、それぞれの個人に降りかかった戦争だった。「捕虜」というのは、これまで考えてみたこともない視点だ。しかもその収容所がごく近くにあった。

私は名古屋市の中央図書館に出向き、資料を漁ってみることにした。最初に手に取ったのは日本車両の『社史』である。大判で分厚く、ずっしりと重い。装幀もしっかりした立派なその本を机に置いて、おそらくは年代順に記述がなされているであろうと見当をつけて、太平洋戦争勃発後終戦までの辺りのページを繰った。そこには、戦争の趨勢が会社の業績にどんな風にかかわったかなどの事柄が書かれていた。だが、いくら、その辺りを読み込んでも、あるいは、もしや別に特殊な項目を立てるとか、コラムのような欄に記載があるかなどと考えて別のページをめくっても、戦争捕虜を労働に従事させたなどということはどこにも書かれていなかった。

それから暫く私は郷土関係の資料を集めた棚の周りをうろうろして、一つだけそのことが書かれた本を見つけた。それは捕虜収容所があった近くの小学校の『校誌』で、子どもにも読めるように書かれたのであろう、大きな文字でごく簡潔に、学校の近くに太平洋戦争時、捕虜の収容所があったことが記されていた。記載のある資料を見つけたことは嬉しかったが、内容は先日の彼女の発言を越えてはいない。私はその本を携えてカウンターに行き、事情を説明してそれらしい資料を探してもらえないかと頼んだ。

カウンターの若い女性が連れてきたのは、現今の図書館では、もう数少なくなっている学芸員かと思われる男性で、私より十歳かそこらは若そうだった。

「捕虜収容所ですか」

彼は額に手を当てながら、真正面から私を見つめた。

「そんなものが名古屋にあったんですか」

「ええ、そうらしいんです。私も聞いたばかりで、調べてみたいと思って――」

まじめそうで、興味深そうに私の説明を聞いてはくれたが、彼と一緒にもう一度郷土関係の古い資料をあれこれ探しても、小学校の校誌以外の資料は見つけられなかった。

結局、殆ど収穫なしに図書館を辞することになったが、一つだけ、その彼が呟くように教えてくれたことがある。

「そういえば、アメリカで、戦争中に日本で強制労働をさせられたとして日本の企業が訴えられたことがありましたよね。つまり、企業にとっては芳しくない歴史で、それで社史から抹殺したのかもしれませんね」

あまりに資料が乏しくて、九条の会での彼女の発言を疑った訳ではないが、何やら心もとない思いでいた私は、その言葉に改めて目を見開かされる思いだった。

何しろあの戦争の直後、戦地でも日本の国内でも、戦時の様々な、当時の権力が公にしたくない資料が大量に焼却処分された。資料を欠くからといって、多くの事実がなかったことにはならない。だが、発掘しなければ、忘れ去られていくのは確かだ。

「いろいろ、埋もれてしまっている、いや無いことにされてしまっている歴史的な事象があるんでしょうね」

彼はそう言い継ぎ、お役に立てなくて済みませんでしたと謝って、私を送り出した。

「収容所のことは知っています。でも、突然、どうしたんですか」

「あ、ご存じですか、良かったあ」

理沙は電話の向こうで明るい声を上げた。

高校生の息子が教師から調べて発表するように課題を出されたのだと理沙は言った。教師は有松に捕虜収容所があったと言い、近くに住んでいるのだからと息子と何人かを指名した。それぞれの生徒に自分の地域の戦争遺跡を調べさせているようだ。けれども、聞かれても自分も知らないし、頼りにしていた叔母も知らない。ほかにも二、三心当たりに尋ねてみたが、聞いたことはあるという人はいても、詳しいことを知っている人はいなかった、息子と一緒にグループで調査をする友人たちも同じ状況だと言う。

勿論、今はネットで結構調べられるけれど、それだけで済まさないように、なるべく地域の人から話を聞いてくるようにと教師から指示が出ているのだとか。

「そうですか、私も詳しい訳ではありません。でも、少しは参考になることを話せるかもしれません」

そうか、理沙が息子の質問に答えられないと嘆いていたのは、そういう事情——息子の高校に、戦争のことを考えさせる授業をしている教師がいるからなのだと納得した。

とりあえず理沙に、私が知っていることを話すことになった。

「突然ですが、今日はいかがですか。私、今日は休みなんです」

その時、理沙が看護師で、近所の比較的大きい病院に勤めていることを知った。

いくつかの資料をまとめて手提げに入れて、車で迎えに来るという理沙を玄関で待った。車の窓から顔を出し、突然すみませんという理沙に笑顔で応えて助手席に乗り込む。すごくゆったりした静かな喫茶店があるんです、案内しますね、と理沙が言い、車が動き出した。

3

十五年前、図書館で成果を得られなかった私は、九条の会に誘ってくれた人を通して、チョコレートが降ってきたと発言した女性に連絡を取った。彼女は小田路子という名で、もうずいぶん前に仕事を定年退職して、地域の様々な活動に携わっているという。恐る恐る電話をすると、路子さんは、興味を持ってくれて嬉しいと明るく応えてくれた。この前の席にはいなかったけれど、もっと詳しい話の出来る古い知り合いがいる。前から一度遊びに来ないかと言っているので、久しぶりに会いに行こうかと思っていた。一緒に行かないかと言う。渡りに船の話だった。

当日、迎えに来てくれた彼女の車の中で、今から訪ねる相手の情報を得た。佐藤すずさん、路子さんより五歳ほど上で、捕虜を何度も見ている、父親からも話を聞いたことがあるそうだと路子さんは言った。三味線のお師匠さんをやっていると。

「用水のすぐ傍で一人暮らし、なんだわ」

そのすずさん宅を、路子さんの車に乗せてもらって訪れた。

戦後間もなくの大干ばつをきっかけに、木曽川の水を知多半島まで運ぶ愛知用水が引かれた。昭和三十六年のことで、長さ百キロを超す用水は水道橋になったり暗渠になったりして形を変えながら滔々と流れ続けている。この地域では少し前まで護岸をコンクリートに固められた堀川といった趣だったが、最近暗渠化されて上が公園になった。知らなければ下に水が流れているなど想像もできない趣で、花壇に草花も植えられ、遊具やランニングコースも整えられている。敷地が細長いだけで後はごく普通のその公園を、当時地域の人はまだ時々「用水」と言った。その用水を見下ろす位置に何軒か建っている民家の一つの脇に車は止まった。

用水の土手を覆うように木々が枝を伸ばし、ススキやひところより背が低くなったセイタカアワダチソウなどが地面を覆っている。それと地続きに見えるので、厳密な境目はどうなっているのだろうと思わず考えてしまったのだが、佐藤宅の庭には、白や薄紫、黄色などの菊やコスモス、ほかにも名のわからない花々が、自然のままに放置してありますとでも言うように、丈を伸ばしたり蹲ったりと、結果的には華やかに咲き乱れていた。

「いい公園になったでしょう」

まあ、ようこそ、という雰囲気で迎えてくれた和服姿のふくよかな白髪の老女は、路子さんを促すように、木々の間から公園を見下ろしてそう言った。

「本当に。聞いた時はびっくりしたけど、公園ができちゃったねえ」

「こんな川の上に蓋をして公園を作るなんて、信じれんかったけど――本当に世の中、私らには理解できないところで、どんどん進んでいくんですねえ」

ため息をつくように、最後は私に向かってそう言ってから、ああ、ごめんなさい、とにかくお入りくださいと、すずさんは私たちを招き入れた。

「収容所の辺りは、今でこそ大きな住宅地だけど、あの当時は寂しい所でね、農家がばらばらと六軒しかなかった。そんなところだから捕虜収容所を作ったんでしょうけど」

路子さんに紹介され、頭を下げた私に向かって、すずさんは語り始めた。

「捕虜は二百人くらいいたかねえ、イギリス人が多いようだった」

後で資料を見て知ったのだが、終戦時には米兵百八十九人、英兵六十四人、他二十人の計二百七十三人がいた。すずさんの記憶にイギリス人が残ったのは、何らかの接触があった人たちが英兵であったのかもしれない。その接触をすずさんは語ってくれた。

「私の父が、おじさん、トマトが食べたいって捕虜に言われて、その時青いトマトしかなかったんだけど、それを持っていったらすごく喜んだって」

六軒の農家は順番で収容所の屎尿の汲み取りをしていたのだとか。それは畑の貴重な肥やしになった。お返しに野菜を届けることもあった。その時捕虜と言葉を交わす機会もあったのだろうか。捕虜たちの日本語は勿論片言である。カワイイ、キレイ、ウマイ、そして、アリガトウ。

すずさんもその片言を覚えている。捕虜たちは毎日有松駅から電車に乗って日本車両の工場に働きに行った。すずさんは当時国民学校四年生。学校へ通う道々捕虜たちの列とすれ違う。道端に立ってじっと彼らが通り過ぎるのを見送る。ある時、すずさんの頭の上に大きな手が伸びて、そっと撫でられた。驚いて見上げると、カワイイ、その色白の男性は小さく呟くように言って皆と一緒に過ぎ去った。

「もしかしたら、同じくらいの娘がいたのかもしれない。ずいぶん後になってから思ったことだけど」

すずさんは、両手の中に大ぶりの志野の湯呑みを包み込んだまま、静かにそう言った。

捕虜たちは駅に集合すると、日本式の点呼を受けて、電車に乗って出かけて行った。

実は、城山三郎が「捕虜の居た駅」という短編を書いている。私はそのことを後になって知ったのだが、中学生であった当時、城山はこの地域に住んでいた。小説は捕虜のことを中心に描いた作品ではないが、有松駅で捕虜たちが日本兵に暴力を振るわれる場面を描出している。

すずさんの話を聞きに行った時は、まだ城山の作品のことは知らなかったが、捕虜と収容所の職員や日本兵との間ではそのようなことはありそうな気もして、私はすずさんに訊いてみた。

すずさんは、首を傾げて、暴力はあっただろうとは思うけれど自分は見ていないと言った。ただ、駅で、背の高い大きな捕虜たちが、棍棒を持った日本兵に狭い車両にぎゅうぎゅう詰めにされている様子は何度も目にした。いつも気の毒だと思っていた。それを父親に話したら、絶対にその思いを口にしてはいけないと言われた。大阪で捕虜への同情を示してひどい目にあった人がいるのだと。物議をかもした事件があったらしいのだ。

すずさんの父親の言う事件は当時それなりに知られていたようだ。大阪の高名な医師夫人が捕虜に対して「おかわいそうに」と口に出し批判されたというのだが、真偽の程はわからないと書く資料もある。ただ、この事件をきっかけに、「心中のアメリカ（の欺瞞的な自由平等の考え方）を打破せよ」というキャンペーンが張られたことは確かなようだ。

「トマトが欲しいと言われて持って行ったとか、可哀想だとかいう話だけど」

ずっと黙ってすずさんの話を聞いていた路子さんが口をはさんだ。

「あんたのお兄さん、戦死したんだよね」

うん、とすずさんが路子さんの顔を見て頷いた。敵の捕虜の話ばかりしていたが、この辺りからも当然出征していった兵士がいて、戦死したり、もしかしたらどこかで捕虜になっていたかもしれないのだ。

「お父さん、自分の息子が戦死して、それで目の前に敵の捕虜がいて、その捕虜と話はちゃんとできないまでも接触して、複雑な気持ちだったんじゃない」

「戦死がわかったのは戦後になってからということもあるかもしれんけど」

すずさんは顔を上げて路子さんの目をしっかり見つめて言った。

「可哀想にと言っちゃいかんと言っとったけど、お父さんも、やっぱり可哀想と思っとったと思うよ。息子だってどこで捕虜になっとるかしれんって思っとったんだと思う」

すずさんは手の中の湯呑みに静かに視線を落とした。

「捕虜たちが死んだ仲間の捕虜を大八車に乗せて焼き場まで運んで行くのも見たことがあるんよ」

すずさんは静かな声でそう言った。

「結構たくさん死んだみたいだったよ。栄養失調とかいろいろあったんじゃないかねえ」

一呼吸おいて、

「大きいもんで、菰を被せてあるんだけど、足がはみ出てるんだわ。そんなとこ見たらね」

ちょっと声が詰まる。

「みんなおんなじ人間だで」

名古屋の言葉ですずさんは呟いた。

有松にあった捕虜収容所は一九四三年十二月に日本に四ヵ所開設された俘虜収容所の内の、大阪を本所とする収容所の第十一分所として設置され、四五年四月に名古屋俘虜収容所第二分所と編成替えされた。

私がそれらのことを知ったのは、最近のことだ。十五年前には見つけられなかった資料を多く知人から紹介された。最近はネットでも数多く検索できる。

捕虜に対する暴力など、日本兵や収容所側の態度は、後になって書かれたものを見ると、立場によってずいぶん差がある。

ひたすら日本兵や収容所勤務員たちの「虐待」を言い募るものもあれば、日本人には優しい人間もいた、友人になれたと書くものもあった。おそらくどれも事実で、ただ、地域性、個別性に加えて、その「程度」についての認識は、戦後の生活のいろいろな事情の中で変化したものもあるのではないか。

一九四四年一月からその年の十一月までここ有松の収容所に捕虜として収容されていた兵士の一人は、収容所の日本兵や看守たちは「剣ほどの長さがある棍棒」を持っていてそれで「鞭打ち」をしたと言う。ある捕虜は鞭で打たれ、独房に監禁され、ごくわずかの食事しか与えられず二十日目に死んだと。

だが、退役後軍属として一九四四年九月からこの収容所に勤務したＫ氏は、「捕虜を虐待するような人はいなかった」と言う。Ｋ氏によると勤務員は一人当たり二十人程の捕虜を担当していた。彼はフランス人が多かったと、実態と違うことも述べている。案外、一人一人の勤務員に収容所の全体は見えていなかったかもしれない。勘違いか記憶違いか、虐待は彼の知らないところで起きたことだったか、あるいは彼が真実を語るのをいくらかセーブしているのか、立証する術はない。

そうした体験記の中に書かれた日本人の「悪逆行為」の中に、殴打や打擲《ちょうちゃく》と並んでよく出てくるのは赤十字物資の横領である。日本軍が協力的でない中、日本赤十字も様々な努力をして、相手国からの救恤《きゅうじゅつ》品を受け取っていたらしいのだが、捕虜への配布は収容所に任せられ、それらの品が捕虜個人の手に確実に渡されたかどうかはわからない。

捕虜に故国から手紙や差入れのような物資が届く。そのことを、捕虜収容所で捕虜を管理していた日本兵たちはどう考えていたのだろう。捕虜に届いた品を横領したというのが事実なら、その行為を良心の呵責なくなさしめた根底にあるのはどのような思想だろう。

内地で食糧や物資が不足してくると、赤十字活動に対する理解不足も影響して、捕虜に対して救恤を行うこと自体が利敵行為と受けとられる傾向が強くなったと書いている本もあった。日本の兵隊や一般の国民が苦労している時に捕虜を厚遇する訳にはいかないという論理。敵のスパイと疑われた赤十字の人間もいたとか。

国内で日本人自身が食糧不足で飢えている時、勿論、捕虜も飢餓と栄養失調の状態に置かれていたのだが、捕虜の食事のために、米や野菜、時には肉や魚などを調達することに対し、一部の国民からの厳しい目が収容所に対して注がれていたという事実もあった。捕虜は優遇されているとの抗議があったり、自分の息子は殺された、捕虜など殺してしまえという感情的な声もあったという。


「そんな雰囲気のその頃の事情から見ると、みんなおんなじ人間だと言えるすずさんの話は温かいなって、私は思ったの」

十五年前の九条の会での路子さんの話や、二人ですずさんを訪問した折の様子を思い出しながら理沙に話し、一区切りつけて、私は　コーヒーカップを持ち上げながら、理沙の顔を見つめた。

「みんながすずさんのような気持でいられたら、と思うけど」

理沙は、そうですね、と頷きながら、

「それで、路子さんとすずさんのお話を聞いて、それから後藤さんはどうなさったのですか」

ノートを取りながら、一所懸命という面持ちで私の話を聴いている理沙は、休憩などいらないとばかりに先を促す。

「それが問題。それから実は長い中断があって――」

後になっていろいろな資料を手にすることができたけれど、当時の私は収容所についての調査をそれ以上進めることができなかった。どう手掛かりを見つければいいのかわからなかった。わからないまま、いつの間にか捕虜収容所から遠く離れてしまっていた。

その私に捕虜収容所の新たな情報をもたらしてくれたのが、テニス仲間の池山だった。

「彼は元中学校の社会科の教師なんだけど、定年退職後は、地元の歴史発掘に携わっているの」

最近になって、これまであまり知られていなかった捕虜収容所のことが郷土史家たちの間で研究されるようになっていて、私はその機関紙からいくつかの新しい知識を得ていた。

「その資料も持ってきたから、良かったら後でコピーしてお渡ししますね」

理沙が頷く。

「収容所があった場所、私も十五年前、見に行ったのね。だけど、なんにも見つけられなくて、コンクリートの日本車両の社宅を見上げながら、この辺りにあったのかと思うだけだった」

だが、地域の研究者たちは、収容所のポンプ場の一部らしい遺構を見つけ出し、戦争遺跡として残すための運動も始めている。

「その池山さんが教えてくれた新しい情報というのがね、これがちょっとすごい」

理沙の目がまたきらりと輝いた。

4

有松宿は旧東海道の鳴海宿と池鯉鮒《ちりふ》（知立）宿の間の、宿泊を目的としない所謂「間宿《あいのしゅく》」である。関ケ原の合戦後、政権を握った徳川幕府は東海道の整備を行った。その際、鳴海宿以東一帯の物寂しく物騒な状態を改善する必要があったため、尾張藩が近隣の桶狭間村はじめ一帯に触れを出し、諸役免除の特典を与えて移住を促したのが始まりとされる。

藩の奨励もあり、有松村は鳴海と並んで早い時期から絞り染めで全国に名を馳せるようになった。東海道を通行する旅人の土産として販売するのが主で、街道沿いに間口の広い大きな店が並んだ。

明治の時代になって、各地に鉄道が敷かれ、交通網の広がりが産業の発展を支えるようになってくる。名古屋に商品を運ぶために有松の絞り業者は、地元までの鉄道敷設を名鉄の前身である鉄道会社に交渉し、大正六年五月、有松までが開通した。大正十一年にはさらに東へ延びることになる。

そんな賑わいを見せていた土地だが、街道を一本外れると、桶狭間古戦場に近い起伏の多い地形に田畑の広がる、農業が中心産業の無医村でもあった。

昭和の初め頃、その有松に、名古屋大学の前身名古屋医科大学の医局から秋月哲三と、同僚二人が派遣され、診療所を開設し交代で診療にあたった。やがて哲三は単独で診療所を経営することになる。

「秋月医院って知ってるよね」

その日も池山がラケットをケースに収めながら、先に帰り支度を終えた私に声をかけた。正月明けの、風もない、陽射しの暖かい穏やかな日だった。

「うん、あちこちにあるみたいだけど」

その名の医院は外科や耳鼻科などいくつかこの地域に診療所を構えている。一族で様々な診療科の医療機関を経営しているらしいと思っていた。

「もう亡くなってるけど、以前秋月哲三というお医者さんがいて、その人が捕虜収容所の嘱託医だったんだけど、捕虜虐待で裁判にかけられそうになって――」

ええ？　と私は思わず大きな声を出して池山を見つめた。

池山の話によると、捕虜の治療にあたっていた秋月医師だが、当時は当然のことだろうが薬が十分にない。それで、代わりに灸をすえた。勿論東洋医学の正当な治療法なのだが、それが捕虜自身には十分に通じていなかったのか、虐待にあたるということでBC級戦犯の裁判にかけられそうになった。実際横浜まで呼び出されたのだけれど、幸いなことに、一緒に治療にあたっていた捕虜でもある軍医の証言で、裁判にならずに済んだ、と言う。

「なかなか興味深い話でしょう」

思わず深く頷いた。池山は笑顔で、

「その哲三氏の娘さん――と言っても、もう、八十を過ぎてるけど――に、一度話を聞きに行こうと思っているんだけど、良かったら一緒に行く？」

「うん、行く」

忘れ物を捜しに行かねばというような気持で、こっくりと頷いた。


秋月宅は旧東海道沿いに建つ元絞問屋の大店、築百四十年の古民家で、現在は名古屋市の町並み保存地区に指定されている有松の旧東海道の中心に位置している。厨子二階建て。厨子はツシと読み、二階の天井が低い江戸時代の商家の作りで、道路側から見ると、二階の外壁は虫籠窓《むしこまど》のある漆喰の塗籠、一階は格子窓と、江戸期の商家のたたずまいを残している。秋月哲三の診療はこの屋敷で始まった。

昔の店の入り口である広い玄関を入り、右手に開放的な和室を見ながら土間を通って奥へ。池山が声をかけると、お待ちしていました、どうぞと、出迎えてくれたのが哲三氏の娘の祥子《しょうこ》さんであった。

「私は父が横浜に行った時のことを覚えていないんです。と言うより、駅まで見送りに行ってないんです。妹は行ったのに。その下の弟も多分行ったのでしょう。本人は何の記憶もないそうですが」

収容所の話を聞きたいとあらかじめ池山から告げられていたのであろう、応接間のソファに向き合って、祥子さんはまずその話から口火を切った。立ち居振る舞いもだが、話しぶりも、年齢から思うよりも、毅然とかつ穏やかに自身を主張しているようであった。

「十二月か、あるいは一月だったか、とても寒い時季でした」

妹は行ったのに、といった時、祥子さんは少し悔しそうに唇を引き結んだ。

「私は十歳になっていて、何というか、ものを考えたり感じるようになっていたから、母が配慮したのだろうと思っています」

何といっても、父は「戦犯」容疑だった。母は敢えて父の出立を知らせなかったのだと思う。二歳年下の妹は有松駅まで見送りに行ったことを記憶している。もし一緒に駅で父を見送ったのならば、十歳になる自分が覚えていない訳はない。

そう言って、祥子さんは遠くを見るような目つきをした。

「いつの間にか父はいなくなった、というのが、私の、そのことについての記憶になってしまいました」
祥子さんは軽く唇をかむようにして、静かにそう言った。

＊　＊　＊

祥子は父の仕事が好きで、いつも診察室の周りをうろついていた。祥子たち家族の住まいの中に診療所がある、あるいは診療所の中に住まいがあると言うべきか。父を中心とする家庭の生活は、そのまま父の仕事につながっていた。祥子は暇さえあれば待合室を覗いて患者の中に知った顔を探したり、薬局で粉薬を薬包紙に包む母や看護婦の手の規則正しい動きに見入ったりしていた。自分もいつか父のように医者になるのだと思っていた。

ふいに父がいなくなった時、いつも患者でいっぱいだった待合室はひっそりとして、経験したことのない、妙に寒々しい空気が家の中を支配した。父を欠いた、診療の行われていない家は、もはや診療所ではないし、それまでの家でもなくて、祥子をただ不安に陥れた。周囲に何一つ頼れる実体というものがないようでもあり、何かに重苦しく雁字搦めにされているようでもあった。

先生が横浜に引っ張られたそうな——。いったい誰からそんな話を聞いたのだろう。どう考えてもそれは良いことである訳はなかった。引っ張られるなどという言葉で表されるような状況で横浜に行った。そんなことを真正面から知らされたら、祥子はどこまでも、納得するまで母を問い詰めただろう。母が祥子に父の見送りをさせなかったのには、そんな理由もあったのだと思う。父のことを問い糺してはいけない、教えられなかったからこそ、雰囲気を察知して口を閉ざしてしまう、祥子はそういう年齢になっていた。

哲三は内科医ではあったが、田舎の医者は当然ながら何でも診た。鎌で足を切ったという農夫が来れば、外科医になって縫合するなど日常茶飯事だった。治療代も現金ばかりでなくて、大根や芋などの野菜を置いていくものも多かった。

名鉄電車にはねられたと言って、ほとんど死んだ子を抱いた母親が飛び込んで来たことを祥子は覚えている。さすがに手の施しようがなかったが――。あの子の家族に補償などあったのだろうか。いまでも認知症の老人が踏切に迷い込んで列車のダイヤに遅滞が生じたとき、会社が家族に弁償を要求するくらいだ、あの当時、おそらく何一つ補償などなかっただろう。

今振り返っても哲三の日々は忙しかったと祥子は思う。哲三は捕虜収容所に週に何度か通っていた。三百人近い捕虜がいたから。全員が病気でないにしても、それくらいは必要だったのだろう。そこには捕虜である軍医がいて、哲三は彼とともに捕虜の診療にあたっていたのではあるが。

そして勿論、日常の診療がある。午前と夜は診療所での診察、午後は往診、収容所の仕事が通常のそれらに加わった。とにかく有松に医師は彼一人しかいないのだ。

住まいはそのまま父の仕事場であったが、玄関を入ると奥に通じる土間、右手の八畳の和室が待合室、その奥が診察室になっていた。土間から待合室に向かって左手に事務室と薬局の調剤室があった。薬局と待合室の間は、今どきのオープンカウンターからはおよそかけ離れた、受付と薬を渡す場所を兼ねた硝子扉の小さな窓だけ。薬局の奥、診察室の隣にレントゲン室があり、薬局とレントゲン室の間の細い廊下が居間につながっていた。その廊下が住まいと診療所を分ける通路であり境界であって、祥子が父の仕事や母と看護婦の調剤作業を眺めて飽きない、家の中の一番のお気に入りの場所だった。

一九四五年九月三日の、夕方の診療の時間だった。まだ昼間の熱気が収まらず、クーラーもない時代のことで、玄関も格子の窓も開けっ放しだった。祥子は待合室のざわめきに気づいて、すぐに廊下の端まで飛んで行った。玄関を入ったところに、背の高い色の白い外国の軍服姿の男が立っていた。父と同じくらいの歳に見えた。

診察室と待合室の境の扉が開いて、父が患者の間を縫うようにその男に近づき、手にしていた木の細長い箱を差し出した。男はそれを受け取った。二人は十分ほども話していただろうか。日本語ではないので――ドイツ語だろうか、あの頃の医療の世界の用語は基本的にドイツ語だった――もちろん何を話していたのかわからない。二人を見上げるように見つめている患者たちにもさっぱりわからないに違いないのだが、二人の間に漂っているのが深い親愛の情だということだけはわかったと思う。開いたままの玄関の向こうに、小柄な兵隊が二人立っているのが見えた。おそらく案内してきた日本兵か、収容所の所員だったろう。

父はその時、家にあった虎を描いた掛け軸を渡したのだった。外国人のその男を見た時、祥子は突然のことに驚いたけれど、父が掛け軸を箱に入れてあらかじめ診察室に用意していたことから考えると、訪問は二人の間で約束されていたのだろうと思う。

＊　＊　＊

その翌日の九月四日、捕虜たちは収容所から引き揚げていった。

その背の高い外国人が、証言をしてくれた軍医だったと祥子さんは思っている。

「これは、私が父からもらった指輪です」

その軍医から哲三氏が記念にもらっていた指輪があるのだった。くすんだ赤の四角い大きな石を嵌め込んだ男物の幅広い指輪を祥子さんは見せてくれた。内側に彫られた文字は「J.Clarno」。クラーノと読むのだろうか。おそらく帰国が決まった時、記念にと軍医がくれたもので、虎の掛け軸は、この指輪のお返しだったのではないかと祥子さんは言った。

「戦犯の罪を問われそうになった件ですけど、医薬品なども満足になくて、父は策に困ってお灸を実施したのでしょうし、実際に痛みを取るなどの効果はあったと思うんですよ。でも、熱いのは事実だし、痕が残ればそれはやけどに違いないですものね」

祥子さんは自身で頷きながら語る。

「お灸を知らない人たちに、それは虐待と言われても仕方がないとは思います」

そう言いながら、つと顔を上げて付け加える。

「ただ、それをするにあたっては、やはりその軍医さんと相談したと思うんですよ。そして、それが治療であることを彼は十分理解していた――つまり、同志、だったんじゃないでしょうか。だから、すぐに証言して弁護をしてくれたんだと思います」

哲三とクラーノ氏の間には、敵味方を越えた友情、もしくは同志愛が育まれていた。横浜に呼び出された哲三は、尋問者に東洋医学について説きつつ、クラーノ軍医の名を出したに違いない。クラーノ氏はすでに帰国していた筈だったが、何とか連絡がついて、おそらく直ちに彼は哲三の人柄と医師としての真摯な態度を保証してくれたのであろう。電話であったか、手紙であったかわからないが、その証言は採用され、哲三は訴追されることなく、家に戻ってくることができた。

「それにしても」

と、祥子さんは背筋を伸ばし、

「後になってBC級戦犯として裁判にかけられ、いい加減な取り調べで、ほとんど無実の罪で処刑された人たちの存在を知れば知るほど、恵まれていたと思うばかりです」

大きく息を吐くようにして付け加えた。

「実は父のこんな話は、ずっとしたことがなかったんです。いえ、そもそも私自身が、この事件は、あの時の、異様に寒々しかった家の中の様子を、おそらく自身の過去から消し去りたいような気持もあって、放り出すように忘れていたのです」

祥子さんは、自分自身に言い聞かせるように静かに頷きながら、私と池山を交互に見つめた。

「さっきもお話ししたように、私自身は詳しいことは何も知らされていなくて、もう少し大きかったら違ったかもしれないけれど、父が帰ってきた後になっては、思い出すこともなかったんです」

祥子さんは立ち上がって空に近い私たちの湯呑みを取り上げると、茶を淹れ直し、銘々皿に載せた菓子も勧めてくれた。

「BC級戦犯容疑ということも、軍医の方が証言してくださったという話も、実は私が直接父から聞いたのではなくて、夫が父から聞いた話をまた私が聞いたという訳なんです」

祥子さんは医者になりたいと思っていたけれど、時代の制約というべきか、女が六年も大学に行くことはない、家業を継ぐのは弟、という風に親は決めていた。で、薬学部に入って薬剤師になった。ところがその弟が医者になるのを嫌って別の道を歩んでしまった。それで、祥子さんは医師である男性を婿養子に取るという形の結婚をした。

「その夫が何かの拍子に父から聞いたんですね。ずいぶん後になってからです。父がどうしてその話を夫にする気になったのかはわからないんですけど、その父の気まぐれがなければ、この話は埋もれてしまっていたかもしれません。私もその話を知った後も、改めて父に詳しく聞くということもしなくて——今から思えば、もっとしっかり聞いておけばよかったと思うんですけど」

祥子さんはかすかな笑みを浮かべた。

「そういうのってありますね。なんで昔のことをもっと聞いておかなかったんだろうって、私も、父や母がまともに話せなくなってから、思いました」

私が苦笑交じりにそう返すと、

「大体そういうものですよ。みんな、自分が一定の歳になってから、そういうことを考えるんだ。その時には、もう遅い」

池山がまじめな顔でそう言った。

「戦後になって、連合国から食糧などの物資が空から収容所に落とされたという話を聞きましたが」

池山の言葉に、ええ、ええ、と祥子さんは頷いた。

「やることが、スケールが違いますよね。ドラム缶で落とすんです。父も何回かもらってきました。初めて食べるものが多かったですよ。バニラの香りのクッキー、チョコレート。こんなにおいしいものがあるのかと思いました。コーヒーの粉もありました。スープの缶詰があって、中に長いソーセージが十本ほども入っていました」

祥子さんは、初めてにこやかな笑顔になった。祥子さんの話は具体的で、私は路子さんの話からうっかり想像してしまった、空からチョコレートがバラバラ降ってくるイメージを払拭することができた。

「でもね」

祥子さんは一瞬悪戯っ子のように目を輝かせた。

「チーズを初めて食べたんですが、かぶりついて、その途端に吐き出してしまいました」

祥子さんの苦笑いの表情に、成程初めてのチーズなら、と頷き返しながら、どんな状況でも食べ物の話は楽しいと思っていた。

このドラム缶投下という食糧補給作戦は全国の捕虜収容所で展開された。収容所の屋根に「ＰＷ」(Prisoner of war ＝戦争捕虜）と空から見てもわかるように示し、Ｂ29からそこをめがけて投下する。うまく収容所内に落ちるばかりではないから、路子さんたちのようにおこぼれを拾いにも行ける。

　だが、悲劇も生んだ。新潟では民家の屋根を突き破ったドラム缶で大けがをしたり、死に至った人もあったと言う。ドラム缶はパラシュートで投下されたという証言もあるが、缶詰などの食料がぎっしり詰まったドラム缶に人間用のパラシュートをつけて、果たしてどれだけの効果があったかは疑わしい。

5

「戦犯ですか。それって、絞首刑になった東条英機とかの話とは違うんですか」

　祥子さんの話を一通り紹介した時、理沙が最初に発したのがその言葉だった。

「それは東京裁判で裁かれたA級戦犯」

「ああ、靖国神社に祀られてるとかいう」

「そう、戦犯が神様として祀られて、そこへ総理大臣が参拝するなんていうことが何度か起こって批判されていますよね」

　理沙が小さく頷く。

「Ａ級戦犯というのは平和に対する罪、つまり戦争を起こした責任を問われたと言えばいいかな。今問題になっているのはＢＣ級戦犯。聞いたことない？」

「あります。でも、意味はよく分からない」

「いつもＢＣ級戦犯ってまとめられるのは、通常の戦争犯罪と人道に対する罪に区別がしにくいからだと思うけど、戦争全体への責任ではなくて、個別の一つ一つの事件に対する罪、なのね」

　理沙が頷く。その目がどこやら不安そうだ。よく知らない話になってきたからだろう。でも聞いて理解しなければと思っているのが伝わってくる。何と素直でわかりやすい性格、と心の中で微笑んでいた。


　ＢＣ級戦犯については、少し前に講演を聞いた。十五年前に捕虜収容所のことを知るきっかけになったこの地域の九条の会は、細々とではあるけれど続いていて、つい半年ほど前にも会合があった。

　暑い日だった。いくつかの行事が重なって、参加者が少なめで、五、六十人が入る会場に、それでも三十人近くが机に資料やノートを広げて座っていた。

講師は、田中という地域の高校で社会科を教えている教員で、池山と同じように捕虜収容所の遺構を残す運動にも関わっているらしい。参加者にも知り合いがいるようだった。丸い眼鏡をかけたまだ若そうな男性で、いくらか太めの体を持て余すように、しょっちゅうハンカチで額の汗を拭っていた。クーラーの冷気が苦手な高齢者が多くて、温度設定が高めになっているのが彼には気の毒であったが、その汗の量が本人の一所懸命さを表すようで、みな真剣に聞いていた。

「太平洋戦争では、どれぐらい日本軍の捕虜がいたか、わかりますか？」

戦争中の日本軍の様子を話していた田中が突然そんな風に振った。誰も見当がつかないようで、お互いの顔を見交わすばかりだった。

「全体で三十五万人くらいです」

彼のその言葉に私は目をしばたたいた。三十五万人の捕虜というイメージが湧かなかった。多くの参加者が同じだったようで、座は遠慮がちにざわめいた。

「良く知られているように、日本は奇襲作戦が功を奏して、初期は相手がまだ十分に準備ができないうちに快進撃を続けた訳です。その時、想定外にたくさんの投降者があった」

確かに、日本が敗走に敗走を続けていた時に捕虜などはなかっただろう。

「はっきり言って、そんなにたくさんの捕虜の面倒を見る態勢は日本にはない。中国人など現地人は釈放もしています」

またかすかに座がどよめいた。

中国戦線で新兵の刺突訓練に触れていた戦争体験記を思い出した。刺突する相手は藁人形ではなく中国人の捕虜だと書かれていた。ただ単に殺して埋めたという記事もあった。あれも、捕虜として面倒見切れないということなのだ。

「現地人たちを釈放しても、まだ欧米人の捕虜は十五万人位いました。彼らは現地に作られた収容所に収監されていましたが、国内の労働力不足の肩代わりをさせようということになって、日本に送られてくるんです。それで、国内の収容所を増やした。収容されたのは三万数千人と言われています」

それで、有松にも収容所が作られたのだ。

「本当は、もっとたくさんの捕虜が送られたんですが、乗っていた船が、途中で連合軍の潜水艦などに撃沈されたのも多いんですね。捕虜にしてみたら、味方に殺されたという訳で、むごい話です」

そして話は戦犯裁判に移った。

Ａ級戦犯である政府や軍の指導者が裁かれた東京裁判で七人が死刑になった。こちらの方はよく知られている。

一つ一つの個別の行為が裁かれたＢＣ級戦犯の裁判では、五千人以上が訴追され千人程が死刑になった。横浜裁判では百人以上が絞首刑の判決を受けた。それでも、横浜の場合は割合きちんと調査がされたと言われている。海外の戦地では、殆ど裁判らしい裁判も行われず、人違いのまま死刑になった人もある。

「ＢＣ級戦犯には、捕虜に対する虐待というのが多いのです。無理ないのです。直接捕虜に接する人のほとんどが、捕虜というものがよくわかっていない。そもそも日本には、きちんとした捕虜に対する考え方がなかったのです。生きて虜囚の辱めを受けず、という訳ですから。ジュネーブ条約も批准してない」

捕虜に関する国際的な規定としては、一八九九年にハーグ条約が定められている。日本はこれを批准し、日露戦争はこの国際法の下で戦った。この当時の日本の捕虜待遇は、国際法に従った優良なものだった。欧米と肩を並べる一等国として認められるためには必要なことだったのだ、と田中は言った。何人かが頷いている。

一九二九（昭和四）年、「傷病者ノ状態改善ニ関スル条約（赤十字条約）」と「俘虜ノ待遇ニ関スル条約（ジュネーブ条約）」が制定された。日本はジュネーブ条約については、批准を保留した。

「その理由は単純で、ある意味、とても分かりやすい」

田中はゆっくり聴衆を見渡した。

日本軍は捕虜になるよりは死を選ぶ、従って敵に降る捕虜は生まれない。故に、条約は一方的に日本だけに負担を強いるものとなる。つまり、公平ではない。

ね、すっきりしてるでしょう、と田中は手に握っていたハンカチを折り直し、額を軽く押さえながら、笑みを浮かべた。

6

「とにかく、指導者から一兵卒まで、日本全体が古い戦争観・捕虜観を持っていたとみるべきですね」

池山が九条の会での講師の田中と似たようなことを喋っていた。

「そうした中で、個々には勿論、哲三先生とクラーノ氏のように友情や同志愛を育んだりということがあった。あくまでも個人だと思いますが、お父上にそれができたのはなぜだと思われますか」

「ヒューマニズムでしょうね」

池山の問いに祥子さんは即答した。

「個人の思想としてのヒューマニズムです。それが、戦時の体制や思想になびくことを食い止めていたのだと思います。父はヒューマンな人でした」

私も頷きながら、すずさんの父親も同じだと思っていた。戦時という統制の時代、人々が一つに束ねられそうな時代に、人を人として認める心は人間らしく生きるための大事なよりどころで、それこそが「心中のアメリカ」として、権力が排斥しようとしていたものだったのだろう。

「それに私が言うのもなんですけど、人間として幅のある人だったと思っています――ちょっと違う話になってしまいますけど」

そう前置きして、祥子さんは奥から薄いパンフレットを出してきて見せてくれた。

「本当に何も知らなくて、父の死後にわかって、びっくりしたのですけど」

手渡されたのは、チャリティーコンサートのプログラムの一部を抜粋して綴じたものらしく、県の医師会が行った演奏会で、第三回とある日付は三十五年前、哲三氏は前年に亡くなっており、「先輩を偲ぶ」という欄に哲三氏が紹介されている。大学予科に入学と同時に洋楽部に入り、医学生のオーケストラの基礎固めに奔走、自身はチェロを演奏し、名手と讃えられた、等々。演奏家としての評価を得つつ、名古屋の音楽文化発展のために活躍していた様子が紹介されている。

「すごいですね。お家でチェロの演奏などは？」

池山が訊ねると、祥子さんは激しく首を振った。

「それが全然。そんな暇もなかったけど、チェロなんかもなかったし」

「では、ご自宅では音楽は？」

「たまに、レコードを聴いていたかな。ごくポピュラーなクラシック。ベートーベンとか」

そういって、またちょっと宙を睨んで、祥子さんはもう一度同じことを呟いた。

「本当に何も知らなかった。父のことは、知らないことばっかり」

小さくため息をついた。

「瑞宝章を授与されたとかいう話を聞きましたけど」

下を向いてしまった祥子さんに、突然池山が思いがけないことを言う。

「ええ、そうなんです。戦後もいろいろやってましたから。本当に忙しい人だった」

祥子さんが顔を上げてそう言った。瑞宝章は国や地方公共団体の公務などに長年にわたって従事、活躍した人間に授与される勲章だ。

「学校の校医会が確立される頃に活動したんですね。校医会の会長とか、学校保健会の理事とかをやって。喘息児のための水泳教室なんかも、医師が顧問にならないと許可されないからと頼まれると、引き受けて、プールサイドで一緒になって指導するんです。何でもまじめで一所懸命で、そんな風に人と接しているのが本当に楽しそうで」

心持ち首を傾げるようにして、にこやかに祥子さんは語る。

「でも、勲章をくれるということになったら、そんなものはいらないって、最後まで言い張ってました」

「断ったんですか。もらってない？」

池山の問いに祥子さんはかぶりを振った。

「いえ、送ってきました」

送って？　といぶかしげな声を出す池山に、後でお見せします、と祥子さんはちょっと微妙な表情で言った。

帰り際に、昔の待合室だったという畳敷きの部屋に招かれた。

「これが、さっき話した勲章です。父の死後に送られてきました。本人がいらないと言っていたものだし、外に出すこともないと思ってずっとしまってあったんですけど、最近いろいろ父の話が出るので、とりあえず希望される方にお見せするために飾ってみたんです」

和室の壁に額が掲げられていた。額は専用のものなのだろう、いくらか横長で中に賞状と勲章がはめ込まれていた。勿論賞状の方が大きいのだが、まずは勲章に目を引かれる。

「映像では見たことあるけど、これが勲章の実物ですか」

池山が顔を近づけてしげしげと眺めている。材質はわからないが、小さなコインのような丸い宝石様のもの（古代の宝鏡をかたどったということを後から知った）が中心で、周囲をさらに赤い球がいくつも囲んでいる。四方に向けて何本もの光線が出ているような形状で、ぶら下げるための布を除くと本体は直径四、五センチ程に収まる大きさだが、華やかではある。

賞状の方は学校の卒業証書などと似たようなものだが、やや大きめで、見知っているものと大きく違うのは、真ん中に十センチ四方ほどの大きな四角の朱印が押されていることだ。篆書体で「大日本國璽」と記されている。国璽の右側には「日本国天皇は秋月哲三を勲五等に叙し瑞寶章を授与する」とあり、日付、その後に「那須において璽をおさせる」と記されている。国璽の左側に再度日付、内閣総理大臣中曽根康弘と記載があり、押印。続いて総理府賞状局長の名と押印がある。

「普通、叙勲って春と秋なのに、七月ですか」

池山が首を傾げた。

「国璽を押したのも那須、つまり避暑地ですよね。何かちょっと変」

私が呟くと、祥子さんが静かに笑う。

「この日が父の命日なんです。父はもう臥せってましたから。もらう気もなかったけど、そうじゃなくてももらいに行けない状態ではありました。でも、いらないと言ってても、多分話は勝手に進んで、亡くなった日に、御名御璽――とは言わないのかな。とにかく日本国の印を押した。死んだその日に表彰されたことになります。勿論父はこの賞状も勲章も見てません」

ああ、と思わずため息をついた。

「なるほど、それで、命日付の叙勲ですか。お父さんの知らないところで」

池山が言う。祥子さんがかすかな笑みを浮かべて、またちょっと微妙な表情を作った。

勲五等瑞宝章の叙勲は哲三がいらないと意思表示ができたのだから生前に準備されたものであるに違いないが、死去後に決定されたということなのであろうか、彼がこの世に生のあった最期の日、通例の春秋の叙勲とは異なる彼の命日に授与された。形の上では、哲三は瑞宝章を授与された後、鬼籍に入ったことになるのだろう。

7

「珍しいというか、ちょっと面白い話でしょう」

ずっと驚いたような顔で聞いていた理沙は私の言葉に頷いて、

「勲章なんて、実際の生活のレベルで聞く話だなんて思わなかった」

「その感想は私も同じ。それがもしかしたら戦犯で処刑されたかもしれない人なんだから。そんな人が勲章を授与されるということが、何かちょっと皮肉な感じでしょ」

「いらないって、その先生が言われたのは筋が通っているという気がしますね」

理沙も同調しながら頷いていたが、急に思いついたように声を上げた。

「そもそも勲章って誰が授与するんですか」

「ネットで見たら、国家あるいは元首などが、みたいな書き方がしてある。日本に今元首はいない筈なんだけど、でも、秋月先生の話でも分かるように、国璽を押すのは——実際にその作業をするのは違うとしても——天皇なのよね」

「天皇の名において授与？」

「きっと戦争が終わってもそういうところは昔のままなのよ。あんまり深く考えたことなかったけど、戦後になって戦前の制度は改革され、古いものはなくなったみたいに私たちは思ってるけど、そのまま残ってしまったものも多いのかもしれない」

理沙は考え込むように暫く俯いて黙っていたが、おもむろに顔を上げて、

「その先生が、功労を認められて、名誉をたたえられるというのは納得できるけど、戦前と同じ形の天皇が授与する勲章でそれが行われるというのは、やっぱり一番ご本人が納得できなかったような気がします」

きっぱりと言った。ちょっと驚きながら、理沙の顔を見つめたら、柄にもないことを言ってしまったとでもいうように、理沙はかすかな恥じらいの色を見せて、視線を窓の外

に移した。窓硝子の端にまで伸びてきている桜の梢の蕾がほのかに色づいている。

話が一段落したのを見定めたように、黒いエプロンを腰に巻いた若い男性店員が近づいてきて、空になっていたコップに水を足してくれた。

「ところで、息子さんの方は、今日みたいな話で何とかなるのかしら」

水を一口飲んでから、そう言うと、

「そうですね。お聞きした話、息子に正確に伝えられるか、きっと家に帰ったらいろいろわからないことが出てくると思います。そしたら、またお電話していいですか」

理沙も元の柔らかな顔に戻って言う。勿論、と笑顔で応えた。

それから実際に何度か、理沙から電話があった。路子さんに連絡をつけて、理沙も付き添って、息子とその友人三人で彼女に会いに行ったりもしたらしい。

レポートは完成し、クラスで発表して好評だった、教師からも褒められたと、息子はそこだけは素直に嬉しそうに語った、そんな風に理沙もまた嬉しそうな声で私に告げた。

「最初は、私がお聞きした話を伝えても、なんだかんだと文句を言ってたんですよ。まあ、そもそも私がよく分かってないからなんですけど。でも、答えられないことばかり訊くんです。捕虜たちはご飯は箸で食べたのかとか、休憩時間――働いてない時間ですね――は何をやっていたのか、サッカーとかやれたのかなあなんて。そんなの、何にも答えられない」

電話の向こうの理沙の言葉は不満げなのだが、生き生きと息子の様子を伝えてくる。

「そういう疑問って、大事よね。私も知りたい。答えられる人は、なかなか見つけられそうもないけど」

「そういう疑問に答えたということではないけど、でも、みんなで路子さんに会いに行ったことは、彼にとってすごく良かったみたいです。私に対するのとは違って、とても素直に話を聞いていたし、彼も友達も路子さんに優しいの。何だろう、彼らなりの感性で話を受け止めているのがわかって、いい経験をさせたという気がしました」

「いい子たちなんだ」

受話器を持って、理沙がきっと何度も頷いている。

「秋月先生の話も伝えました。捕虜に対して日本人と区別なく対応し治療したこと、それを戦争の時代に貫いたそのことのすごさ、私も看護師ですから、学校で習った従軍看護婦の話なんか思い出しながら、自分の問題としても話しました。あの子たちのレポートの最後が、戦争がどんなに非人間的な考え方を生むか、その中で人間性を貫くことの難しさ、みたいなところでまとめられてるんですよ。びっくりしました」

うん、うんと頷きながら、理沙からきちんと息子に伝えられていると思っていた。娘のような年齢の理沙やその子どもたちと一緒に考えていけることがあるかもしれない、伝えていくことがまだまだあるに違いないと、弾むような心で考えていた。

紫陽花

1

メモを横目で睨み、番号を一つ一つ口の中で唱えながら電話のボタンを押した。緊張していた。昼にもかけたが誰も出なくて、夕方になっての再度の電話だった。呼び出し音を五回数えたところで、受話器のはずれる音がした。

「高橋でございます」

落ち着いた女性の声だ。肩の力を少し抜いて、勝一さんはご在宅でしょうかと問うと女性は感情を込めない声で応答し電話を保留にした。奥さんは亡くなったと聞いたから、では今のは息子の妻だろうか。丁寧だけれど明るい感じではなかったと少し心が波立つ。

保留音の乙女の祈りのメロディが何度も繰り返されて、受話器を押し付けている片耳に甲高く突き刺さる。ああ、このメロディは好きじゃないと思いながら、受話器の向こうの、息子の妻らしい女性と勝一のやりとりを想像していた。

受話器を耳に当てたまま、ふと窓の外に目をやると、紫陽花がいつの間にか花をつけている。まだ華やいだ彩りのない、葉と見まがうほどの色合いだが、目を凝らすとそんな若い花がかなりの数ありそうだ。じきにまた庭先が賑やかになる――。

プツンと乙女の祈りが止んだ。一瞬息を止める。

「お待たせしました。高橋です」

想像していたより野太い声が聞こえた。

「突然恐れ入ります。私、大塚と申します。高橋勝一さんでいらっしゃいますね。あの、私、旧姓岡本喜久子です。大連の日僑学校で同じクラスだった――」

しばらく沈黙があった。忘れられたのだろうか、どうしよう、と思った時、少し上ずった声が返ってきた。

「きぃちゃん？　岡本きぃちゃん？」

「あ、はい」

今度は喜久子の声が上ずった。勝一にきぃちゃんと呼ばれるとは思わなかった。子ども時代、彼は喜久子のことをそんな風に呼んでいただろうか。

「勿論覚えていますよ。いや、驚いたなあ、きぃちゃんから電話がもらえるとは思わなかった」

「ああ、良かった、覚えていただいてて。この間のあつまり、いらっしゃらなかったんですねえ」

「うん、最初行くと返事をしたんですけどね、直前になったら気が進まなくなって——。申し訳ない」

「いいえ、そんな、それぞれ都合がありますもの」

当たり障りのない返事をしたが、直前に気が進まなくなってという勝一の言葉に胸を打たれていた。ここ三ヵ月近くの勝一の心の揺れを思っていた。

大連日僑学校は、終戦になり国民学校が閉鎖された後、暫くの時を置いて開設され、喜久子も引揚げまで通った。

日本に引き揚げてから各地にばらばらになった同窓生たちが、最初はいくつかの地域でそれぞれに集まり、やがて全国的に同窓会が組織されて数年ごとに会合を持っていたのだが、それも二年前を以て終了していた。その特殊性から戦後のある時期で消えたこの学校には下級生が続く筈もなく、参加者の年齢は当然のことに、年ごとに高くなり、集まることも段々に難しくなって、そうなった。

だが、それでもやはり集まりたいと思う人たちがいて、「有志」の形でこの春呼びかけがあった。四月の末に行われたその少人数の会に喜久子は参加した。

「――そして、今回、高橋勝一君が出席の返事を寄こしておられたのですが」

呼掛け人の佐伯征彦が挨拶に立ち、欠席を告げてきた人たちの近況などを紹介していた。乾杯の後で、ワインやビールのグラスを手にし、料理に箸をつけていた参加者は少しくざわめいていた。だが、佐伯が、実は――と勝一の現況を語り始めると、みなグラスを持ったまま、佐伯に向き直り、箸を使う手を止めた。

勝一は福島県に住んでいたが、今度の震災による原発事故で避難しなければならなくなって、今名古屋の息子の家族と同居していると佐伯は言った。

勝一は同窓会の常連ではなかった。十年ほど前の会に出席していたような気がするが、遠くで姿を見ていただけで、殆んど話もしなかった。

その勝一が、家にいてもすることもないからなるべく外に出かけるようにしている、だから今回は出席すると言ったという。その話は彼の不如意をそのまま語るようで、勝一と特別親しい訳でもない喜久子をも寂しい気持ちにさせた。

だが、結局、直前にやっぱり参加できないとだけ連絡があったと佐伯は話を締めくくった。

三月十一日、この国をマグニチュード九・〇という地震が襲った。震源地は宮城県沖の海底で日本中を揺らすほどの大地震だった。陸上の最大震度は七。愛知県に住む喜久子も出かけた先で、経験したことのない長い不気味な揺れを感じておののいた。大地震は大津波を伴った。海は嵩高に盛り上がり押し寄せて、港や村や町、船や建物や人々を根こそぎさらって行った。現実とは思えないその光景が繰り返しテレビで放映された。福島第一原発は、地震と津波で電源が断たれ、炉心冷却システムが稼働せず、政府は原子力緊急事態宣言を発令、半径三キロ圏内に避難指示を出し、翌日にはそれが二十キロ圏内に拡大された。収束の目途は立っていない。

最初に考えたことは誰か知り合いがその地域にいなかったかということだった。とりあえず親戚、知人、友人の顔を思い浮かべながら、ひとまず当てはまりそうな人間がいなかったことに少しホッとして、それでも自分に繋がる人にまた繋がる人の何人かは必ずや現地にいる、被害に遭っている筈だと思い直し、それからそんな風にしか考えられないなんて何と自己中心的なのかと呆れた。だが、そうやって繋がって行けば、やがてすべての人に繋がる、情報だけはきちんと掴もうと自分に言い聞かせた。

その時は、しかし、こんな風に具体的に被害者の顔が見えるなどということを、喜久子はやはり考えていなかった。

勝一の状況を告げる佐伯の言葉を、参加者はみなそれぞれの思いの中で厳粛に受け止めていたと思う。直前のキャンセルを非難する声も勿論なかった。誰も大きなため息をついた訳でもないのに、集まった十数人のひっそりと吐く息が一つになって、少し照明を落とした部屋の料理の並んだ白いテーブルクロスの上をゆっくり漂っている風であった。

「ご存知かどうか、私の住んでいるところ、名古屋に近いんですよ」

「ああ、そうだ、きぃちゃんの名簿の住所、愛知県だった。そうか、近くなんだ」

勝一は送られた名簿には目を通しているようだった。特に今回は一度は出席する気になったのだから、改めて古いアルバムなど開いてみたかもしれない。引揚げの時写真をうまく持ち出せていたらだが。

「佐伯さんから、名古屋にいらっしゃることをお聞きしました。私ちょっと事情があって、昔のことを佐伯さんにいろいろお訊ねしたんですけど、その中で、あなたの話もお聞きして――。それで、もしよかったらちょっとお話ししたい、いえ、教えていただきたいと思うことがあって」

喜久子は少し勢い込んでくる思いを抑えながら、慎重に切り出した。

「僕がきぃちゃんに教えられることなんかあるんだろうか」

「あの、実は――」

まず、突然勝一に電話をかけることになった理由を話さなければならない。喜久子はごくりと唾を飲み込んだ。勝一に聞こえたのではないかと思うくらい、喉が鳴った。

「九条の会というの、ご存知ですか」

ああ、と勝一が低い声で反応した。

「知っているというほどではないけど、そういう会があるということは――。大江健三郎なんかが呼びかけたんでしょ」

「そうです。呼びかけ人の中にはもう亡くなった方もいらっしゃるんですけど。戦争だけはしない、させない、そのために憲法九条を守ろうと、大きいのや小さいのや、本当に全国にたくさんの会ができています」

そこまで一気に喋って、一息ついた。緊張すると早口でまくしたてるのが若い頃からの悪い癖だ。勝一の反応は聞こえない。

「それで、あのう、実は私の住んでいる地域でも九条の会があって、そこで今度話をすることになったんですよ。一応戦争を体験している世代ということで――」

2

大塚さんはどう？　僕より少し若いと思うけど、でも、終戦の時の覚えはあるでしょう。いくつだったのかな？

片岡の声は喜久子に向けられていた。

急に降り出した雨の音に気を取られていた。慌てて窓の外に遣っていた視線を座に戻すと、片岡の表情にはひと仕事終えた余裕のようなものがあった。

「あら、女性に歳を聞くんですか」

笑って受け流したけれど、やはりと思っていた。

地域の九条の会で、この町に住んで普通に暮らしている特別有名でもない人たちに、順繰りに平和への思いを語ってもらおうという企画を立てた。それでも、やっぱりトップバッターは、わかりやすいところで戦争体験者だろうと、世話人の中で八十歳を超えた最年長の片岡が「私の青春と戦争」と題して、戦時下の生活、当時の中学生の考えていたことや淡い恋物語など、青春の日々を語ったのが先月のことだ。

三月初めの寒い日だった。にもかかわらず、会場のコミュニティーセンターの一室は熱気に溢れた。構えずにあれこれの思い出を語る彼の話に触発されて、フリートークのようになった会場は学童疎開や蚤・虱退治の話、学校の校庭で野菜を作った話や野草の食べ方などの話が飛び交った。その年齢の者には人数分だけ戦争体験があるのだ。

喜久子の住む地域の九条の会は、一年前、憲法改正の手続きを定めた国民投票法の施行を前に発足した。町内会長など地域の役員を歴任した片岡が世話人代表となり、その彼がこれからしばらく続けようという企画のトップバッターを気さくに引き受けてくれて、会の行く先に弾みがつけられたと思う。そして、今日は秋に予定している次の「平和を語る」企画について話し合われていて、もしかしたらと思っていたけれど、やはり喜久子の名前が挙げられた。挙げたのが責任を果たし終えた片岡であることも予想の範囲だった。

風邪を引いたとかで今日は一人欠席しているが、自分も入れて全部で六人の世話人の内四人が戦後生まれだということはわかっている。そういっても六十代が二人と、四十代後半と五十代前半が一人ずつ、そんな決して若いとはいえない中では、時折は会議の時間を間違えたり、約束したことを忘れたりして、呆れられたり、からかわれたりすることはあっても、喜久子もことさらに年齢の違いを感じずに一緒に九条の会の世話人として動いてきた。

だが、昭和何年生まれか、あの戦争を体験しているのかと問われれば、片岡と喜久子の二人には、間違いなく戦前・戦中に生き、敗戦を境にこの国が大きく変貌したその流れに目を凝らしつつ生きてきたという、戦後に生まれた人たちとは明確に画する一線がある。

「そうか、片岡さんの次は、やっぱり大塚さんになりますかね」

片岡と並んで世話人代表になっている河田が言った。河田は少し前に会社を定年退職してから九条の会に積極的に関わっている。今日も議事進行役だ。

「そうなりますかねえ」

とぼけた調子で言うと、

「なりますねえ」

河田ではなく、その横に座を占めた、いつも笑顔で場を和ませる奥村が応えた。髪が少し薄くなって、額のあたりは片岡に比べても大分後退しているけれど、皮膚の色艶はやはりまだ六十代だ。もう半ばではあろうが高齢者とは言わせないぞとの気概を見せている。奥村は眼鏡の奥の目を細くして嬉しそうに笑っていた。

「私、大塚さんの歳知らない。私の親より若いですよね。本当にいくつだったんですか、敗戦の時」

喜久子に向かい合って座った、娘と二つ三つしか違わないだろうと思われる村井聡子が、椅子の背もたれから体を離し、さほど長くない髪を後ろにさばくようにしてそう言った。少し前に、長かった髪をもう歳だから——この中では一番若いのだが——とばっさり切った。ずっと話をする時など、まず長い髪を後ろにさっとさばいてからという風だったのが、短くなってもまだその癖が抜けないようだ。

「そう素直に訊かれるとねえ——八歳、国民学校、今の小学三年生でした」

「小学校の三年生なら、少しは覚えているよね。いいんじゃない、子どもの目から見た戦争というのも」

奥村が声を上げた。人差し指の先をくるくる回しながら喜久子に向ける。これも彼の癖だ。喜久子はいつもトンボ捕りを連想してしまう。今日は喜久子がトンボらしい。

「村井さんは、どう思う？」

何かを決める時、河田は相対的に若い世代の聡子たちの意見を求めることが多い。

「そうですね、あんまり難しくなく戦争の話を聞けるというのが、人を集めやすいかも知れませんね」

聡子が落ち着いた声で言った。

「大塚さん、終戦時はどこに住んでいたの」

片岡が改めて、というように訊く。

「満洲です」

え、満洲？　ほう。ふうん。複数の声が反応した。

「そうか、満洲か、引揚げで苦労したかね」

片岡が重ねて訊いた。

「いいえ、それがそうでもなかった、というのはおかしいけど、子どもだったから、満洲
――私は大連で生まれ育ったんですけど、そこでの思い出って結構楽しいことが多くて、
親は苦労したんでしょうけど――」

そうか、満洲か。決まりですね。河田が呟いて、片岡と聡子は真面目な顔つきで、奥村はにこにこと頷いている。決まりか、と突然激しくなった雨の音の中で思っていた。

帰り際に聡子が、大塚さん、送ってあげると近寄ってきた。雨がひどいから。春雨って雰囲気じゃないもの。

九条の会の世話人会は河田の家で開かれるのが恒例で、歩いて七、八分の近いところだから喜久子はいつも歩くのだが、ありがたく聡子の軽自動車に乗せてもらった。

走り出すとすぐに聡子が話し出した。

大塚さん、満洲という言葉ね、その言葉を、何というか、普通の地名として使うと過剰に反応する人いるからね、そのことは知っておいた方がいい。

聡子はまっすぐ前を向いてそんなことを言った。雨が激しくフロントガラスを叩いている。

「過剰に反応って？」

「満洲は日本が侵略して傀儡政権の満洲国をつくったところだから。だから、その地域をいう時は、今は満洲という言葉を使わず、中国東北部というのが普通みたい。かつての満洲をいう時は、偽満洲国」

「ギマンシュウコク――〝ギ〟って？」

「偽物、ニンベンにタメの字」

聡子の横顔を見ながらぼんやりしていた。車が自宅の前に横付けされた。エンジンを止めて、聡子が喜久子に向き直った。喜久子から先に口を開いた。

「満洲って地名ではないのかしら。満洲国と言われれば、確かにあの頃そういう国があった訳だけれど、大連はそうね、満洲国という意識はあったのかなあ。罪深いことかもしれないけれど、私たちはそこを日本の国だと思っていた。いえ、やっぱり植民地よね。そのことはその言葉を知らなくてもわかっていたけど、何というか、日本の一地方としての満洲、つまり関東地方とか北陸・東海というような感覚で、満洲、だった」

聡子が頷いた。

「大連、旅順は日本の租借地だったから、無理ないかもしれないわね。でも、だからね、その日本の一部としての満洲、という意識が抜けないところが、糾弾の対象になるの」

「糾弾」

思いがけない言葉に、鸚鵡《おうむ》返しに呟いた。それからゆっくり聡子の言葉を反芻した。

「確かに、そうかもしれない。その意識はもう変わっているつもりだったけど――。でも、とにかくあの当時あそこは満洲だった。では今は満洲ではないの？　満洲という言葉はもうないの？」

「中国東北部、あるいは偽満洲国、偽満《ウェイマン》」

ワイパーの動きが止まっていて、フロントガラスを雨が覆い尽くしている。何も見えない。不思議な空間の中に閉じ込められているような感じがしていた。

「村井さん、詳しいのね」

「詳しくはないけど、前にちょっと勉強したから」

聡子が髪に手をやりながら恥じらうように笑った。すると、突然子どものような無邪気な顔つきになった。

「ありがとう、私も少し勉強してみるね」

喜久子は資料の入った手提げを抱え直し、ドアの取っ手に手をかけた。頑張ってね、と聡子が背中で言った。

3

大連はきれいな街だった。赤煉瓦の洋風建築の街並み、アスファルト舗装がされた広い道路。アカシアの並木道。

大連は西洋だったのよ、と、大連で同級だった道子は同窓会でそう言った。道子の夫が会社の中堅で忙しかった頃、ロンドンへの出張が度々あり、道子も一度夫について初めてのヨーロッパ旅行をした。空港からバスに乗って走る街並を眺めていた時、不意に何ともいえぬ懐かしさが込み上げてきた。長い日本の生活で忘れていた大連の街並がそこにあった。突然襲われた郷愁――半ば呆然としていると、日本に生まれ育った夫が自慢げに、驚いたろう、やっぱり日本とは違うだろうと言った。頷きながら、心の中で、いいえ、これは私の故郷の景色、私ははからずも今、望郷の思いに駆られているのですと反論していたという。

初夏はアカシアの白い花の季節。一つ一つの花は蝶の形をして、藤の花のように房になって咲いたから、まるで純白の蝶が群がっているようだった。甘い香りもした。花を天魅羅にして食べることもあった。随分後になって——勿論日本に帰ってから——あれはニセアカシアだと教えられたけれど、私の中ではやっぱりあの花はアカシアだ。青く澄みきった空の下に咲き誇る大連の花、アカシア。

そして、旅順行きの汽車の窓から眺めた高粱《こうりやん》畑。高粱は丈高い植物で葉っぱも大きくて、てっぺんに大きな穂をつけた。敗戦後は赤い色の粥になって家の食卓にも載ることが多くなったが、それまでは中国の人たちの主食だとだけ思っていた。日本人は米、「満人」は高粱。子どもとはいえ、知らないということは確かに怖いことだ。

冬の寒さは格別だった。池は全部凍ってスケートリンクになったが、わざわざ出かけなくても、夜、水を撒いておけば一晩で凍って即席のリンクだってできた。高学年はスケートを楽しみ、低学年は箱の底にスケート靴の刃をつけた橇で滑って遊んだ。

だめだ、だめだ。喜久子は大きくかぶりを振って、握っていた鉛筆を炬燵の上に抛り出し、ごろんと横になった。

何カ月も先とはいえ、ひと様の前で話をするという、思ってもみなかった役が回ってきた。女同士のお喋りは得意だが、何十人もの人を相手にきちんと話をした経験などない。

それでも、せっかくの機会だから戦争を知らない世代、日本の国内だけしか知らない人たちに、少しでも満洲のことを理解してもらおうと、話すことをまとめるためにノートと鉛筆を用意して炬燵に座り込んだのだが、こんな風に思い出し始めると、懐かしさばかりに浸ってしまう。

九条の会で、戦争は嫌だ、二度と戦争はしないとの決意を新たにするために、それぞれが平和への思いを語るという企画なのに、大連で生まれ育った自分は、日本が侵略し、他国の人々を蹂躙した筈の彼の地を思い出すと、懐かしさばかりが溢れる。このままでは望郷の思いだけを語ってしまいそうだ。そのことにどういう意味があろう。

満洲という言葉に何を連想しますかと尋ねたら、九条の会に集まる人々は何と答えるだろう。

満洲事変、満洲国、ラストエンペラー愛新覚羅溥儀、関東軍、満鉄、満蒙開拓団、彼らの敗戦後の逃避行、集団自決、引揚げの苦労、中国残留孤児――。

「満洲で敗戦を迎えて」というタイトルを聞いて、私の口からどんな話が飛び出すと人々は考えるのだろう。関東軍の陰謀で、張作霖の鉄道爆殺事件や柳条湖事件いわゆる満洲事変が起きて、満洲全体がきな臭い状況にあった頃は、私はまだ生まれていなかった。私が生まれたのは昭和十二年、戦火はずっと南、上海や南京方面に移っていた。大連は静かだった。

そもそも、聡子が言ったように、大連は租借地だった。そこは当時の在満日本人にとって、異国の地でありながら日本だったのだ。

炬燵の周りには、満洲に関する何冊かの本が開いたままになっている。聡子に宣言したこともあって、とにかく勉強しようと図書館から借りてきた。満洲が日本帝国主義の侵略した地であったこと、日本人による彼の地の人々への様々な暴虐行為など、ある程度は知っているつもりだったけれど、読んでみて、生まれ故郷、満洲・大連について初めて知ったことも多い。けれども、それらの知識を得れば得るほど、喜久子の思い出の大連は遠のいていく。

大連の高台の公園から見た地平線に沈む太陽は赤くて大きかった。自然は変わらない筈だけれど、私の知っている大連が今はもうないのだとしたら、あの赤い太陽さえも幻だったようにさえ思われてくる。幻の故郷、大連――。

えいっと声をあげて起き上がった。うーんと伸びをして、気を取り直してもう一度書き抜きを読み返す。

日本が満洲への足掛かりを作ったのは、一九〇〇年の北清事変、俗にいう義和団の乱以後。一種の宗教団体でもあった義勇兵団の義和団が、外国の公使館や領事館、宣教師やキリスト教信者らを攻撃した。それは列強の侵略に対する民衆の怒りの爆発であった。清朝の実権を握っていた西太后がこれを支持し、連合国側に宣戦布告して、ことは清国と列強の対決になり、当然ながら清国が敗けた。

列強は北京から山海関にいたる沿線の要地にそれぞれの国の駐屯を認めさせ、日本も軍隊を置いた。

次は日露戦争。戦勝後、日本はロシアから大連・旅順を含む遼東半島の租借権と鉄道の権益を引き継いだ。鉄道守備隊の駐留も始まり、日本は満洲に実質二個師団の軍隊を置いた。これが泣く子も黙る関東軍の前身――。

4

最寄りの駅は本当は一つ前なんだけど、大きくてきれいすぎて周囲も賑やかで何だか落ち着かないからと弁解するように勝一は言って、隣の鄙びた駅を待ち合わせ場所に指定した。電車で行く喜久子にとってはどちらでもいいことだったが、ペンキの剝げた木製の駅舎の、改札を出るとそこがそのまま左右の壁に堅い木のベンチを取り付けただけの待合室は、先ほど通り過ぎざま横目で見てきた全面硝子張りに見える洒落た駅よりは、ずっと自分たちの年齢にふさわしい待ち合わせ場所のように思えた。

改札の前で人待ち顔に立っていたのは小柄な勝一ひとりだったし、十年も前とはいえ、同窓会で一度会っているから迷うことなく会釈した。ただ、こんなに色が黒かったかと驚くくらいの膚の色だった。日焼けだろうか。

勝一は、や、と声を上げ、布製のくしゃくしゃの帽子を取ると肩の上に掲げた。それからくるりと踵を返すと、また帽子を頭に載せてすたすたと歩き出した。しっかりした足どりだ。

駅前の、時計屋だの酒屋だのの店の名前を街灯の柱に連ねた様子を見れば、確かにここも以前は駅前商店街であったのだろうと思われたが、もう大半は駐車場や店の構えの名残を僅かにとどめる普通の民家で、一帯はどこか白っぽく見える。

小さな喫茶店に導かれた。窓のカーテンも陽に焼け、ソファの表布もところどころ擦り切れていた。それでも窓硝子は磨き上げられていて初夏の昼下がりの太陽を柔らかく室内に導いていた。懐かしい感じの店だ。

「ご無沙汰しています」

「いや本当に。今日はわざわざお越しいただいて」

四人掛けのテーブルに向かい合って、ホットコーヒーを注文してから、まずは生真面目に挨拶をした。それから、勝一は大きな目を細くして笑った。

「まさか、きぃちゃんとデートすることになろうとはね」

それで、一度に気が楽になった。

「勝手なお願いで申し訳ないのですが」

勝一は、いやいやというように右手を顔の前で小さく振って、丁度運ばれてきたコーヒーのカップを手に取った。砂糖もミルクも入れずにそのまま一口喉を鳴らして飲み下すと、

「九条の会で語る満洲体験の材料を集めているという訳だね」

電話で伝えた内容をズバリと切り出した。

喜久子は面食らっていた。勿論その話を聞きに来たのだ。勝一の方から積極的に話を切り出してくれたのはありがたい。だが、その前に言わねばならぬことがある筈だった。勝

一の今の状況の、見舞いというのもおこがましいが、少しは近況などお互いに話して、被災者本人を前にしてどれだけ心に届く言葉を口にできるか自信はなかったが、それでも、震災以後の落ち着かない気持ちの一端を述べるつもりでいたのに——。

「それでどうして、僕なの」

勝一は喜久子の逡巡に頓着なく訊ねる。

「佐伯さんから少しお聞きしたの」

勝一は一瞬上目遣いになって、

「大連に行く前にあったこと?」

喜久子は黙って頷いた。

「やっぱり。そういうことかなと思った」

真顔になった。喜久子は黙ったまま勝一を見つめた。黒く日焼けした顔には深い皺もあった。頭髪は殆んど真っ白でふさふさとしていたが、櫛を入れているというようではない。大きな目は、昔よりも強い光を放っているように見えた。

「話をしてくれというなら、ほかならぬきぃちゃんの頼みだもの、話すことはやぶさかではない」

ほかならぬというところは聞き捨てて頷いた。

「でもさ、体験談っていうのはやっぱり自分の体験だろう。人の話をしたって仕方がないんじゃないの」

やっぱり頷く。面食らったまま頷いてばかりだ。勝一というのはこんなにはっきりとものを言う人間だったかと驚いていた。子ども時代の記憶は目立たないおとなしい少年とばかり、喜久子の脳裏には残っている。

「私ね、大連のことだったらいくらでも思い出して話せる気はするの。でもね、考え始めると、楽しいことばかりなの、それって変でしょ」

「変じゃないさ、実際楽しかったんでしょ。僕だって、大連で暮らした日々は、短かったけど楽しい思い出はたくさんある。特にあの日僑学校というのは、今から考えると本当に特殊だったと思うけれど、それまでの国民学校と百八十度違って、何というか、民主主義の原点みたいなものを教わった気がする。子どもたちは自由に議論し、自分たちの力で新しいものを作り出していた——と言っても、僕らは上級生がそうするのを目を瞠って見つめていただけかもしれないけど、でも、あの学校の上級生は下級生を一人前に扱ってくれたから——」

勝一は饒舌だった。が、一気にそれだけ話すと、少し上目遣いに、遠くを見るように目を細めた。

大連日僑学校は、一九四七年の二月に設立された。

敗戦後、大連にはソ連軍が進駐し、その軍政下、新生中国の建設が始まった。国民党と共産党の内戦はまだ収まっていなかったが、その煽りを時々受けながらも、中国の人々は着実に大連を自分たちの街に変えていった。

とはいうものの、それまで街を管理・経営していたのは日本人だった訳で、それが全員直ちに引き揚げては、街を街として機能させることができない。そこで多くの技術者・知識人らが残留を要請された。

日僑学校は、親たちの要請で、その残留組の子どもたちの教育のために大連市によって設立された。教師は勿論不足していて、親の勤務する会社の技術者や、残留した様々な分野の専門的知識を持つ人々などが、いろいろな伝手で集められた。すべて日本人だった。

勝一にとっても、日僑学校は楽しい思い出をたくさん作ってくれた学校のようだった。

だが、それだけではいけない筈なのだ。

「満洲は日本の植民地で、日本は侵略国で、だから、あの子どもらしく楽しく過ごした日々は、本来ある筈のなかった時間なのよね。そうでしょ」

今度は勝一が黙って頷いた。

「九条の会は戦争を二度としてはいけない、平和でありたいと思う人たちが集まっているのよね。あの戦争のことを語るなら、あんなことは——つまり、辛かったり苦しかったり、家族を亡くしたりという体験、人々を不幸にするそんな戦争は二度としてはいけないということで、体験を話す訳よ。そこで私の満洲——大連はきれいで素敵なところでした、とても懐かしい土地です、なんて言ったって仕方がないでしょ」

勝一は尚も黙っていたが、かすかに首を傾げたようでもあった。

「大連だって掠奪なんかが全くなかった訳ではないけど、私は体験してないの。全体に少なかったんだと思う。すぐ隣の旅順でさえ、大変だったみたいなのに」

「旅順は軍港だったから」

「満洲体験を語るのは、満洲という幻の土地がどんな風に成り立っていたのかを押さえた上でのことでないと、私の話は無意味なものになってしまうと思うの」

「それで、対比的に僕の話を入れようという訳だ」

呟くようにそう言って、勝一はまたコーヒーカップを取り上げた。喜久子も一息つきながら、ミルクを入れて一口飲んだ。コーヒーはぬるくなっていた。

「きぃちゃん、足は丈夫？」

少しの間、黙ってコーヒーを口に運んでいた勝一が、カップを戻すとそう訊いた。

「足？　どうして」

「いや、もし構わなければ、ちょっと外を歩かないかなと思って。この近くに大きな公園があある。実はいつも散歩をしているんだ。いい公園だよ、テニスコートやゴーカートなんかもあるが、自然もふんだんに残っている」

「そう、じゃあ、そうしましょうか」

「疲れたら、四阿や藤棚の下のベンチなんかもあるから」

頷いた。

「じゃ、ちょっと待って」

勝一は立ち上がってカウンターの向こうの、歳が同じくらいと思われるマスターと何やら話していたが、やがて小さめの紙袋を受け取り、戻ってきた。

5

本当に広い公園のようだった。駐車場がいくつもあるらしくアスファルト舗装の道路を車が走っていた。が、少し奥へ進むと自然のままの丘陵、森林が残っている。

「足、本当に大丈夫？」

勝一が訊ねた。

「大丈夫。若い人みたいに早くは歩けないけど、歩くのは好きなの。これでも中高年の山の会に入って時々山歩き――と言っても、あちこちに作られている自然歩道を歩く程度だけどね――をするのよ」

「そうか、良かった。僕はここを毎日のように歩いている」

毎日？

ちょっと驚いて勝一の顔を覗き込んだ。

「梅林があってね、紅白たくさんの梅が咲いた名残があった。僕は間に合わなかったけれど、満開の時は見事だろうと思ったよ。桜もいい。少し前はたくさんの人が花見に来ていた。今は躑躅《つつじ》が一番かな、杜若《かきつばた》もじきに咲くみたいだ。この先に池があるんだけど、そこが群生地」

アスファルト道路が土を踏み固めたような歩道に変わり、それがゆるい階段になった。両側は喜久子たちの背丈ほどもありそうな躑躅の木で、濃いピンクや白い花が咲き誇っている。匂い立つような中を歩いていた。

「高橋さん、いつからこちらへ？」

道が細くなったので勝一の後からついて歩きながら、さりげなく訊いた。勝一は少し間をおいて、

「三月の末。——一人で避難所にいたら息子が迎えに来た」

前を向いたまま答えた。

道が広くなって、急に視界が開けた。池のほとりに出ていた。大きな池の中ほどまでコンクリートの細い橋が架かり、その先に小さな築島があって、四阿も見える。

「あそこと思ったんだけれど、今日は結構風があるから、ちょっと涼しすぎるかな」

「でも、行ってみましょう。行ってみたい」

笑顔を返して先に立って歩き始めた。だが歩きながら、風にざわめき立つ池の面を見下

ろした時、福島に住んでいた勝一がここにいる理由――そもそものあの大震災、津波のことを思わずにはいられなかった。

　喜久子は立ち止まった。

「どうかした？」

「水って、怖いのね、ここは、今は穏やかだけど」

「うん、自然は怖い」

　喜久子の心の動きを察知したように勝一はそう言った。それから続けて、

「人間のすることはもっと怖い」

　低い声で付け加えた。

「高橋さん、さっき一人で避難所にいたって言われたけど、奥様は？」

うん――。勝一はちらと喜久子を見て、また池の面に視線を移した。

「ごめんなさい、あの――」

「いや、いいんだ。二年前に病気で――膵臓癌だったけど、あっという間だった。でも、こんな訳のわからない事態に遭遇しなくて幸せだったかもしれない」

「そんな、人間はやっぱり生きていなくちゃ」

そんなことしか言えない自分が情けなかったけれど、勝一は、そうだね、と言うようにかすかに頷いた。二人、手すりにもたれてまた暫く水面を見つめていた。

「きぃちゃんは？　ご家族は？」

「実は私も二年前に主人を亡くしました」

おや、というように目をしばたたいて、勝一は喜久子を見た。

「それで、今気楽な一人暮らし。なかなか難しい人だったから。勿論最初は沈んでいたけど——これでも。でも、今は解放感を満喫しているかな」

おやおや、と勝一は苦笑しながら眉を寄せた。

「じゃあ、僕のところも逆だったらそう言われてたかなあ」

「私が言うのもナンだけど、連れ合いに死なれると、男は元気がなくなって、女は元気になるって言いますよね、世間では」

「そうそう、どうやらそうらしい」

二人、声に出して笑った。

「でも、息子さんたちと一緒に暮らすことになって、それはそれで、また新しい人生を踏み出された訳ですよね」

勝一はふっと真顔になった。

「新しい人生なんて、なかなかね――。本当のところ、いろんなことが頭の中を巡っていて、ちっとも整理がつかない――」

毎日この公園に来ているという勝一の言葉を思い出していた。

勝一は四阿に向かって歩き出した。

三人ずつやっと座れるくらいのベンチを三方にしつらえた小さな四阿だった。腰板ほどの板壁が水の上を渡って来る風を程よく遮ってくれる。

勝一が喫茶店のマスターから受け取った紙袋を開いた。小さなポットと紙コップ二つ、サンドイッチが現れた。

「さっき飲んだばかりだから薄めに淹れてもらったけど、飲む？　紅茶にでもすれば良かったかなあ？」

勝一はそう言いながら、紙コップを差し出した。手を差し伸べて受け取ると、勝一がコーヒーを注いでくれた。

「コーヒー中毒になっちゃったかもしれない。ここで良くこうして飲みながらサンドイッチを食べる」

「お昼ごはん？」

「そう。おやつも持って来たり」

「しょっちゅう？」

「そう」

「お家にはどなたか――」

「息子の妻がパート勤務で、多分昼には帰ってきているけど、一人の方が気楽だろうと思って、外に出ることにしている」

「それで、毎日――」

「きぃちゃん、妙な同情はだめだよ。家族に疎まれている老人なんて、そんなありきたりの構図で考えないでよ」

　勝一は明るい笑顔で言った。

「そうね、そんなのは嫌よね」

　喜久子も笑顔で返した。

「僕の意識は今はとりあえず住所不定。ずっと一人で暮らしていくつもりだったから、今は不慮の事態での仮の生活だと思っている。まだ、この先の見通しはないけど――」

ほんの暫く言葉を切って、宙を睨んでから、勝一はまた柔らかな笑みを喜久子に向けた。

「今日は持ってきてないけどね。いつもはここで絵を描いている。この公園のあちこちで。絵といってもスケッチブックに鉛筆描きだけどね」

「コーヒーを飲みながら？」

「そう」

勝一は穏やかに笑った。

「前から描いていたの？」

「いや、そういう訳じゃない、描きたいなと思ったことはないでもないけど——でも、はからずもね。長い時間外で過ごすにはちょうどいい。今日持って来れば良かったな、ここできぃちゃんを描かせてもらえば良かった」

「え、そんな、嫌よ、恥ずかしい」

「恥ずかしいなんてことはないさ、いい記念になったのに、しまったなあ」

勝一は大きな声でそう言って、また宙を見あげた。澄んだ青い空があった。

「あの、高橋さん——」

喜久子の言葉を勝一が手で押しとどめた。

「きぃちゃん、僕がきぃちゃんって呼んでるんだから、その高橋さんはやめて、かっちゃんにしないか、昔みたいに」

かっちゃん、か。

そうだ、確かにそう呼んでいた。クラスに後から加わった、羨ましいくらいきれいで大きい目なのに、いつも伏し目がちで、わざと目立たないようにしていたみたいな小柄で静かな男の子、かっちゃん――。

「じゃあ、かっちゃん」

「はい」

勝一が小さく笑って返事をした。

「大連に着く前のこと、話してもらえますか」

勝一が真面目な顔になった。

6

母の手を絶対離してはいけない、勝一は固く自分に言い聞かせていた。もう少し自分が大きかったら母を背負うのだけれど――。だが、母は小柄な方だけれど八歳の勝一よりは大きい。だからせめて、握る手に精一杯の力を込めた。母の手は硬く荒れていた。暗い中で手をつないで改めてそのことに気付いた。ずっと以前、よくまとわりついていた頃の母の手はふっくらと温かかった。あれは日本でのことだったのだ。

満洲へ来てから、母は慣れない農作業で疲れてよく床に伏した。父が団のまとめ役で役所との連絡など忙しく飛び回っていたこともあって、周囲の人たちは病気がちな母によくしてくれた。満洲の東北の奥地の開拓団に突然退避命令が発せられたその時も、一軒一軒戸を叩いてそれを知らせて回る声のままに、荷物をまとめて集合場所へ急ぐと、肩を大きく上下させて荒い息をしていた母は荷馬車に席を確保された。

夜は更けて暗かった。遠くがぼうっと赤いのは火の手が上がっているのだと思われた。それでも、勝一の気持ちはそれほど深刻ではなかった。事態の変化がどこかでまだ信じられなかった。

父親は団の仕事で出張中だった。大丈夫、この先で待っているだろう。明日か明後日には会えると、大人たちが言った。

だが、目的地に着くと、ここも危険だからとさらに先への撤退の指示があり、それは何度も繰り返された。どこまで行っても安堵の地はなかった。守ってくれる筈の軍に荷車を輓いている馬を取り上げられた。勝一の母も車から降ろされた。持ってきた荷物の多くをその時捨てた。

八月の満洲は、昼間は暑く夜は寒い。雨も降った。疲れていた。遠くに銃声や爆発音も聞いた。最初は脅えたけれど、音の大きさで距離を測ることを覚えると、みんなあまり反応しなくなった。

満洲の土は赤土で雨が降ると泥濘《ぬかるみ》になる。最初の頃はぺたんぺたんと泥を跳ねながら進んでいたが、その内にずるずると足を引きずるようになった。小さな子どもたちは歩きながら眠り、転びそうになって手を引く大人にひきずり上げられ、叱られた。

開拓団跡やその周辺で死体を数多く見た。虐殺だったか、自決だったか――。

死体を目にして最初は恐怖感で竦んだ。が、だんだんとそんな気持ちは薄れていった。

人間の感覚は簡単に麻痺するものらしい。道を外れたところにこんもりと盛り上がっているものが、もし動いたら襲われるかもしれないとそんな恐怖感は湧いたが、動かなければ、ああ死体だと、それ以上の感覚を呼び起されなかった。

二週間くらい歩き続けた。途中大人たちが日本が降伏したと囁き合っているのを聞いた。その後何人かが隊列を離れた。自決したのだ。勝一には日本が敗ける訳がないという気持ちがまだあった。敗けることを考えたことがなかったから、その先に思いが行かないようだった。何も考えずに母の手を握って先を行く大人の背中に続いていたが、集団自決をすると言われたら、素直にその決断に従っていたような気がする。

だが、勝一たちを率いていた大人たちは、集団自決ではなく、ソ連軍に白旗を掲げることを選んだ——。

水面を低く横切るものがあった。

勝一は腰板の上の広く開いたところから身を乗り出して外を眺めた。喜久子も立って横に並んだ。二人で同じ方向を見つめる。

「ああ、燕」

「燕だ」

同時に声を上げた。

「今年、初めてだ」

勝一は高い声を出した。

「そうか、燕の季節か。僕の家の軒先にも燕が毎年巣を作る」

勝一が燕の姿をなおも求めるように視線を宙にさまよわせながらそう言った。

「そうなの」

「女房が死んでも、ちゃんとあいつらは帰ってきたけど、今年はどうしたろう。放射能を感知する能力はあいつらにあるだろうか。いつものように戻ってきて、人間がいなくて驚いているかもしれない」

勝一の呟きは独り言のようだった。

暫く黙って座っていた。喜久子も先ほどまでの話にいつの間にか肩に力を入れていたから、いくらかほっとした気持ちで板壁に背をもたせかけて息をついていた。

勝一がサンドイッチの包みを開いて差し出した。

「休憩して、おやつにしよう」

「ありがとう、でも、何だか胸が一杯になって――」

「そう言わずに。あんな傾いたような喫茶店だけど美味しいんだ。コーヒーもなかなかの味だと思わないか」

頷いて、卵サンドを一つ取った。勝一が紙コップにコーヒーを注ぎ足してくれた。

「あそこのマスターと友達になった。何しろ毎日のように行ってるからね。彼も奥さんを亡くしてる。若い頃から一緒にあの店をやってきたそうだけど――。家族もいつかは別れなければならない」

勝一はサンドイッチを頬張り、目を細めてコーヒーをゆっくりと飲んでいた。卵サンドはボリュームたっぷりで、本当に美味しかった。


投降しても歩き続けた。ソ連兵の銃がすぐ傍にあるというのが違うだけだ。炎天下を歩き、貨車に荷物のように詰め込まれて移動した。列車が止まるとまた歩く。激戦の跡地も通った。ソ連軍の戦車の周囲に、日本兵や軍馬の死体が無造作に転がっていた。異臭を放ってさえいなければ、特別の光景とも思わなかっただろう。

いくつもの収容所を転々とした。時には何日も同じ場所にとどめられた。そしてだんだんと「満洲国」の中央部に近づいた。駅に列車が停止していると、「満人」の物売りが押し寄せて、玉蜀黍《とうもろこし》の粉で作った餅子《ピンズ》や饅頭《マントウ》を売った。売り買いという日常生活の中の行為が、死と生のすれすれのところを歩んできたぼろぼろの衣服をまとった日本人と、普通の日々を暮らし始めた中国人との間で行われていた――。

「少しずつ日常に踏み込んでいたんだ。ハルビンや新京では、知人や伝手を頼って留まる人も出てきた。中国人やロシア人に雇われる人も、中国人と結婚して残った女性もいる。生き続ける姿勢がそんな日々を手繰り寄せた。そうでいながら、死といつも隣り合わせだったような気もする。わかってもらえるかなあ」

勝一は遠くを見つめた。

「その感覚は、時々ふいに僕を襲う。妻を亡くして、今度みたいな目に遭って、尚更――」

静かな口調でそう言って唇を引き結んだ。喜久子が真剣な面持ちで見つめると、勝一は恥じらうように笑って、視線を池の面に向けた。喜久子も同じように水面を見つめた。暫く黙ってそうしていると、パシャッと音がして、魚が跳ねあがった。

「魚が跳ねた」

勝一が笑顔で喜久子を見た。

静かな水面を突き破るように、時々あちこちで魚が跳ねて、陽射しに一瞬鱗や白い腹をきらめかせて水中に戻る。

「何してるんだと思う、あんな風に跳ねて」

「さあ、遊んでるのかしら。いつも水の中だから、気晴らしにちょっと外の世界を覗いてみているとか」

ははは、と勝一は声を上げて笑った。

「いいなあ、僕もそういう考えが好きだなあ」

「本当は、どうして？」

「さあ、いろんなことを言う人がいるから。水面の虫を食べてるとか、何かに驚いたんだろうとか、本当のところは知らない。けど」

勝一はまた水面に目をやる。

「生きているんだよなあ。みんな」

喜久子は黙って頷いた。

「もう一つ、どう」

勝一がサンドイッチの包みを差し出す。

「ありがとう、でも、もうお腹いっぱい」

「へえ、そんなに少食なの」

「高齢者はそんなに食べなくていいのよ。かっちゃん、食べ過ぎ」

ふうんと声に出して、勝一は喜久子に差し出したサンドイッチを見ていたが、

「あの頃はいつも空腹だった」

そう言って、自分の口に押し込んだ。


「大連に着いたのは十二月だった」

「四カ月間の難民行？」

「ということになる」

喜久子も逃避行や集団自決を書いた小説や体験記をいくつか読んだ。満洲の地にそんな事実が積み重ねられていたなど、大連にいる頃は知らなかった。大人たちはある程度は聞いていたのだろうが、自分たち子どもは、いや自分は全く知らなかった。すぐ傍に起きて

いるそんなことも知らずに、何とのんびりと生きていたのかと思う。

「大連の収容所――小学校の講堂だったけど――に収容されたけれど、寒かったし、食べ物もろくになかった。父にも会えなかった。終点ではないのに、前にも進めない」

「でも、とにかく、そこまで、お母さんは、ご無事だったのね」

「うん、よく頑張った――なんて、ずっと僕が母を守ったと思っていたけど、母も僕を必死で守っていたんだろうね」

「それで、お父さんは？」

「わからない。途中で捕まってシベリアに送られて向こうで死んだのかもしれない、もっと前に死んでいたかもしれない。もしかしたら、ある時期まで中国で生きていたということだってあるかもしれないけど、今となっては――ね」

暫く声を出せなかった。それから訊ねた。

「ではどうして、かっちゃんは日僑学校へ」

「叔父が――母の弟だけど、僕たちを捜し出してくれた。電気関係の技師で、満洲は石炭が豊富だったから火力発電所がたくさん作られていて、叔父も日本から転勤で満洲に来ていてね。先に大連に着いていて、奥地から避難民が到着する度に探してくれていた。おかげで、まもなく僕たちは平穏な生活に入り、叔父が残留することになったから、僕も日僑学校へ行くようになった。日本に帰るまで叔父に頼って三人で暮らした」

小学校のクラスメートの家庭事情を今頃知るなんて、と思った時、

「その叔父は、自決し損ねてるんだ」

勝一がさらりと口にした。喜久子はまた息を呑んだ。

勝一の叔父の敗戦時の勤務先は内蒙古に近い地の発電所だったが、国境を越えて進駐してきたソ連兵の掠奪等の暴行は激しかった。会社の人たちは被害を最小限に食い止めるため集団で行動したが、ソ連兵から逃げようとした女性を助けることができず、彼女はみんなの目の前で窓から飛び降りて死んだ。

「話し合って、衆議一決、集団自決を決めたんだって」

「集団自決——」

「集団自決はむごい。親が赤ん坊の首を絞めたり夫が妻を殺したり。手がけた方が死に切れずに生き残った場合もある」

だが、勝一の叔父たちの集団自決は未遂に終わった。自決の方法を、高圧線に触れての感電死と決め、全員大人も子どもも鉢巻きを締めて覚悟を決めていたが、そのことを知っ

た会社の上層部が肝心の時に電気を止めてしまったのだ。

ソ連軍はその発電所をそっくりソ連へ持っていく予定を立てていた。機械の解体作業は日本人技師にしかできない。自決未遂事件に驚いたソ連軍司令部と交渉が成立して、発電所の日本人は解体と移送作業に従事すること、その間の安全はソ連軍が保証すること、作業終了後は全員を大連に移送することなどが約束された。三ヵ月後、勝一たちより少し早く叔父は大連に到着した。やっぱりぼろぼろの避難民だった。

「僕も大連に着いた時は、同じ日本人が戦争なんかなかったようにのんびり暮らしているのを見て、これは一体何なんだと思ったけど、叔父も同じ思いだったそうだ。敗戦国民だからというところで抑えていたものが、胸の奥で滾《たぎ》るとでもいうか」

「戸惑った？」

「反発したよ」

「そんなに――」

責められていると思った。喜久子だって何もなかった訳ではない。母は中国人の家の手伝いに雇われていたし、食卓には高粱粥なども載るようになっていた。敗戦後、日僑学校が始まるまでは学校はなく、遊び友達も減った。だが、その記憶に大きな苦痛は伴っていない。

「僕たちは偶然のように命を拾って大連に着いた。まだ身内に緊迫感を抱えていた。だけど大連はそういうのとは無縁の世界だった。自分が経験したことを話してもとても信じてもらえないと思った。だから、あの経験は日僑学校の友達には話していない。佐伯に話したのも同窓会でのことだ」

敗戦後、大連に続々と奥地からの難民が集まってきたことを喜久子も覚えている。一様にみすぼらしかった。丸坊主の女性も多く、その異様さにも目を瞠った。

「大連での生活が始まっても、暫く足が地につかない感じだった。どこか本当じゃないようで、そして後ろめたかった。だって収容所ではまだ多くの元団員がそれまでと変わらない苦労をしていたから。働き口も簡単には見つからないみたいだったし」

「でも——そんなことを言ったら、私なんかもっと後ろめたい」

うん、と勝一は頷いた。否定はしなかった。

「今だって僕は同じことをしているという気がする」

勝一がまた自嘲気味に言った。

「え?」

「フクシマから、逃げてきている」

喜久子の目を見ずに言う。

「そんなこと――」

「僕なんかより、もっと若い人や幼い子どもが逃げなくちゃいけないんだ、放射能のこと考えたら。それなのに、息子が呼んでくれたからって、もういい歳の僕なんかが避難している。おかしなことだ。後ろめたいさ」

「だって、それは、少なくとも、かっちゃん個人の責任ではないわ」

こんなことを口にする時は、確かに、高橋さんなどと改まるより、かっちゃんという方が素直に言えると思っていた。

うん、と勝一は頷いた。

「それは確かにそうなんだけど、思い出すんだよ、あの時のことを」

喜久子は何も言えないで、ただ、ひたと勝一を見つめていた。勝一が喜久子の視線に気付いて、そんな怖い顔で睨まないでよと言うくらいに。

7

九月に入ったのに少しも涼しくならないけれど、見あげると空は青く、真綿を伸ばしたような薄い雲がまだら模様を描いている。空だけは秋だ。

九条の会で喜久子が話をする日がとうとう来週に迫った。今日はその最終打ち合わせの会で、いつものように河田の家を訪れた。

玄関に入る前に庭を眺めていたら、後ろで聡子の車が停まった。助手席に座っていたもう一人の若い――と言ってももうすぐ五十歳になるらしいが――世話人の美里が車を下りてきて、素っ頓狂な声を上げた。

「ねえ、あれって、紫陽花？」

狭い庭に植えられた紫陽花のこんもりしたてっぺんに、ピンク色の花が咲いている。

「そうらしい」

美里は、はあ？　と声を出して、植え込みに近づいて、うーん、と唸っている。聡子も傍に来て目を丸くしている。

「本当にびっくりと言いたいけど、実はうちも咲いてるの。だから、あら同じだと思って見ていた」

「大塚さんのところも、紫陽花？」

喜久子はおもむろに頷いた。

喜久子の家の庭にもたくさんの紫陽花が咲く。花が終わると、伸びた枝を剪定するのだが、今年はどういう訳かいつまでも花の色が褪めなくて、そうなると切るのが惜しくて、つい剪定の時期が遅くなった。

一週間ほど前、その紫陽花にいくつか花がついて色づいているのに気付いた。驚きながら呆れている。九月の紫陽花――。

河田のところも剪定が遅れたのだろうか。あるいはもっと別の理由からか。最近桜が咲いたところもあると聞いたが。

「自然が狂ってるね」

美里が言った。

「地球が壊れかけてるのよ、人間がいろいろやるから。悲鳴をあげてるんじゃない？」

聡子が応えた。もう髪をさばいたりしない。ショートヘアにも慣れたのだろう。

奥村が到着した。後から来た彼に促されて、四人騒がしく玄関の中へ入った。

「そうか、なるほど」

扇風機が回っているのに、河田は手にしている団扇でしきりに胸のあたりを煽ぎながら、

「それで、大塚さんは、つまり、自分の体験にその昔の知り合いの話も付け加えようという訳だ。どうですかね」

集まった世話人の面々を見渡した。

夕方の四時からの会議。北と南側の窓が開け放ってあるけれど、やはり暑い。そのせいか、喜久子が勝一の話を交えながら満洲について調べたことを報告しても、みんなどこかぼんやりしている。

「今話したように、私の満洲は大連。大連はきれいな街で、私はごく普通ののびのびとした子ども時代を送った。でも、満洲には悲惨な体験がたくさんある。私の平和な日々はそれらと並んであった訳だし、一つ間違ったら、それは私のことだったかもしれない」

半分眠ったような顔つきだった聡子が、団扇に手を伸ばして大きく胸のあたりを煽ぎな

がら頷いた。

「だけど、私は私の体験を語る訳だから、自分よりもっとひどい戦争体験がありますと言って、彼や彼の叔父さんの話をする訳にはいかないのよね」

「ひどい体験を語ればいいというものではないさ」

片岡が言った。

「私ね」

その片岡の言葉に頷くように、美里が突然声を上げた。

「戦争中にみんなが何を考えて暮らしていたのかを知りたい。前からそう思っていたの」

恥ずかしそうに肩をすくめてから美里は続けた。

「その人にとって戦争って何だったのかって。ひどい目に遭ったり、逆にひどいことをしたりした人の体験談は勿論意味があるけど、日本がどうしてあんな戦争をしたのかを考える時に、普通の人が、一人一人がどんな思いでどんな暮らしをしていたのか。今、それをどう考えるのか――」

みんなに真面目な顔つきで見つめられて、最後はちょっと声が小さくなった。

「戦争中に周囲に起っていることをどんなふうに見ていたか。今の時点でそれを――つまり戦争中に考えていたことをどう思うか、だね。それと、それからの自分の生き方に戦争はどんな影響を持ったか――というようなことかな」

片岡がそんな風に受けてから、喜久子を見た。

「どう？　何だか難しくなってきたけど」

「ええ、でも、わかります。フクシマから避難している彼が抱えている思いを聞いている内に、私もいろいろ思いあたることがあったの、改めて自分にとっての戦争ということを考えました。そのことをね、話せたらと思います。うまく話せるか自信がないけど」

喜久子は世話人のみんなを見回してそう言った。

「誰にとっても戦争は戦争。それぞれの人生に深くかかわっている筈だと思うんですね。百人百様というか、肩肘張らずに大塚さんは大塚さんの体験を語ればいいんじゃないかな」

河田が締めくくった。

そろそろ腰を上げようかと、勝一は手早く紙袋にコップなどを収めて立ち上がった。橋を渡ったところで来た道とは反対方向に行くと、たくさんの紫陽花が池の端に沿って植えられて花も咲いている。

「あら、紫陽花がもう咲いてる。うちのはまだ蕾――とは言わないかな、とにかくまだ色がついてないのに」

勝一が笑った。

「紫陽花の蕾という表現は聞かないな。大体、これは花じゃないよ。萼なんだから」

「あら、そう。でも、いいのよ、そんなことは。これは花です。紫陽花の花。植物は一番きれいなところが花なの」

くっくっと笑うと、勝一も苦笑する。

喜久子は紫陽花の脇をゆっくりと歩いた。

「大連で紫陽花、見たことある?」

「え、さあ、ないような気がする。大連で咲くのかなあ」

「私は見たことないの、大連にはなかったんだと思う。それで、引き揚げて来て、初めて家の庭に咲いた紫陽花を見て感激したわ。きれいだった」

舞鶴港に引き揚げて来たのは十月、それから半年くらい親戚の家やら、社宅やらを転々とした。やっと、家族で落ち着いて住める家に移ったのが初夏の頃で、庭に紫陽花の木があって、海の色のような青い花をたくさんつけた。日本での新しい生活と、その花の記憶は重なる。

「紫陽花って、だんだん色が変わるでしょう。違う色の花が少し時期をずらして咲くのかと思ったらそうじゃないのね。一つの花の色が変化するのよ。土の性質で色が変わるっていうけど、同じ花が同じところに植わってるのに、変でしょう」

「そうだね。僕も土壌の関係だと思っていたけど――。津波で海水をたっぷりかぶった土には、どんな色の紫陽花が咲くんだろうなあ」

喜久子は真顔になった。

「セシウム色の花が咲いてるかな」

勝一は呟くように言った。何を話しても、勝一の無意識が彼をそこへ押し戻してしまうようだ。

ふいにハーモニカの澄んだ音を聞いた。

「ハーモニカだわ」

風に乗って切れ切れに聞こえてくるのは、童謡の「ふるさと」らしい。

周囲を見回している喜久子に、勝一は右手の林の奥を指さした。

「見えないけど、この向こうにも四阿があってね、時々そこでハーモニカを吹いている人がいる。一度確かめに行ったんだよ。僕らと同じくらいか、ちょっと若いくらいの男性でね、まっすぐ立ってずっと同じ方向を向いて吹いていていた。夕焼け小焼けとか赤とんぼとかの童謡ばかり。日本の童謡って何だか切ない気持ちになるね。この曲も」

「震災以後、この曲よく耳にするわ」

うん、と勝一が頷いた。ハーモニカの音を胸に響かせながら、暫く黙って歩いた。

勝一が口を開いた。

「僕は原発事故で自宅に住めなくなってここに避難してきている訳だけど、どうしてこんなことになったのかと考えると、原発があったからなんだ、当たり前だけど」

勝一はまっすぐ前を見ている。

「今は原発再開を本気で望んでいる奴らだってそれを安易に口に出せば顰蹙を買うような状況がある。でも、事故の直後はこれほどではなかった。避難していながら、自分たちは原発の恩恵をこうむってきたのだから文句は言えないというようなことを言う人もいた。だけど、時がたつにつれて被害の大きさというか恐ろしさがわかってきて、原発がこんな結果をもたらすことを知っていたら造らせるんじゃなかったという言葉が溢れだした」

並んで歩き、喜久子は頷きながら聞く。

「だけど、本当かなと僕は疑っている」

「本当かなって？」

「原発の危険性を全く考えなかったんだろうか。原発が安全だなんて、みんな本当に思っていたのだろうかって」

「ああ、安全神話――」

「そう、神話だから信じることにしていたんじゃないかって。本当に安全かどうかは専門家にしかわからないんだから。それなら偉い人が安全だって言って、それで自分たちのところは潤うから、だから安全だということにしていただけじゃないのかって。昔、神州不滅を信じているということにしていた大人たちみたいに」

神州不滅――。ああ、そうだ。そういう言葉があった。

「故郷だと思っていた地は自分の国が侵略したよその国だった。そのことを承知していた人たちは、戦争に負けるとわかったら真っ先に逃げ出した。僕たちは、見捨てられた。でも、僕らの親たちだって何となくわかっていたんじゃないかな。だから、見捨てて逃げた人たちを恨んだけれど、中国人の暴動や掠奪はどこかで仕方のないことと諦めた。そういう気持ちはわかるよね」

ええ、わかる、と喜久子は声を出した。当時満洲に住んでいた人間は、敗戦のあの日を境に、人間関係が百八十度変わったことを身に染みて知っている。その思いは直接掠奪などのひどい目に遭わなかった喜久子にもある。

「心のどこかで馬鹿にしていたのね、『満人』を。満人なんて言ってはいけないと、あの当時も言う人はいたけど、大人たちがそう言えば子どもはやっぱりそう言う。当たり前だわ」

勝一が頷いた。喜久子は続けた。

「その子どもたちから石を投げられた時、ああ、これは仕方のないことなのだと納得していたような気がする。戦争に敗けたからというんじゃなくて、それまでは石を投げる側だった。私も一度だけ投げたことがある。今でも心が痛むような記憶。だから、今度は投げられる側になっても仕方がないと。子どもだから、侵略とかそんな言葉は知らないけど、でも、こちらが理不尽だったのだということは、やっぱりどこかでわかっていたような気がする」

敗戦前、現地の人々は男女とも黒っぽい地味なものを着て、喜久子たち日本人の前ではおどおどと、普段はあまり関わりを持たずひっそりと暮らしているように見えた。纏足《てんそく》をしている年配の婦人のおぼつかない足取りは、彼らをいっそう奇妙なものに思わせた。子どもの目には、「満人」は社会の隅にひっそりと蠢く集団で——中には日本人にまじって働いている人たちも確かにいたけれど——自分たちと同じ「普通」の人間には見えなかった。

そんな人々が、突然街の真ん中の明るい場所に躍り出たような変化。目を瞠っていた。何かが大きく変わったことを感じない訳には行かなかった。

あの時から喜久子にとって大連は、まるでその地が揺れるように落ち着かない場所になっていた筈なのだ。いてはいけない土地にいた。もう心のよりどころになしえない、故郷とは呼べない地、大連。「偽満《ウェイマン》」——。

「でもさ、きぃちゃん、今日の僕の話を、あなたの満洲の話にどうやって入れるの」

あの時、駅前での別れ際、自動券売機で喜久子が切符を買う横に立って勝一はそう訊ねた。喜久子は自分の胸の底を漂う思いを何とか口にしたかったが、まだ言葉にならなかった。

　勝一に向き直ると、勝一は真正面から喜久子を見つめた。公園で随分長く話し込んだけれど、六月の夕暮れはまだ昼間の明るさだ。勝一の背後には人影のない埃っぽい通りが延びている。勝一はこの道を、仮の生活の場という息子の家に戻って行くのだ。

「日僑学校はいい思い出だよ。あの学校は、何というか、歴史の狭間に咲いた徒花だったと思うけれど、それはそれとして、少しみんなと違った事情を抱えた僕でも、楽しかった」

　勝一は優しい目をしていた。

「きぃちゃんは大連の楽しい思い出を含めてありのままを語ればいいんじゃないのかなあ。それも真実だもの。ただ、きっときぃちゃんは、満洲の中で自分たちは少しだけ特殊だったかもしれないって付け加えるよね。そして、開拓団の人たちや、奥地で仕事をしていた人たちの悲惨な話もしなければと思う。その時、僕の話をちょっとだけすればいい。神州不滅と原発の安全を信じることが正義だと錯覚し、二度も国に裏切られた僕の話を」

　そう言って、勝一はまた笑顔を向けた。電車の到着を知らせるアナウンスが背中に聞こえていた。

揺れる海

1

アツシは私とのこと、真剣じゃないんだよね。結婚なんて、勿論、全然考えていないんだよね。

紗弥加に詰め寄られた。ここ暫く休みを合わせることができなくて、なかなかデートもままならなかった訳だけど、電話で話しかけても返答が上の空みたいで、何だか変だなという気はしていた。

やっと二人の休みが一緒になった日曜日の午後、久しぶりに向き合った喫茶店の片隅で紗弥加は単刀直入にそう切り出した。そう言ってから、紗弥加は顔を伏せてしまったが、肩も腕も膝の上に置いた手の先までに力が入りすぎている。伏せた顔にかぶさった茶色の髪の先が窓からの秋の陽射しにキラキラ光っているのを見ながら、すぐには声が出なくてただ見つめている内に、不意に紗弥加が顔を上げた。目じりが少し濡れていた。

うまい具合にその時コーヒーが運ばれてきた。黒いエプロンをした同じぐらいの年齢の男が少し膝をかがめてコーヒーカップを二つテーブルに置いた。こんな風にウェイターがドリンクを運んでくる店なんか久しぶりだ。いつもはそもそも喫茶店なんかに入らないし、たまに入っても、セルフのドリンクバーで長時間粘る。こっちはコーヒーをお代わりするぐらいだけど、紗弥加は何度もいろんなドリンクを試す。そんなガチャガチャした店ではないここを指定したというだけでも紗弥加の気持ちを察することができた。

紗弥加と付き合い始めて二年とちょっとになる。彼女の一人暮らしの部屋には僕の歯ブラシやパジャマも置いてある。彼女は狭い自分の部屋に二人のための心地よい空間をつくろうと、あれこれ僕の嗜好まで訊いて部屋を飾っている。それはそれで悪くない。たまに二人とも休みの前の日とかに、彼女の部屋で二人で過ごすのは落ち着く。僕は紗弥加といい関係を保っていると思っていた。

でも、ある時、紗弥加が僕の部屋を見たいと言い出した。

「それは、ちょっとまずいよ」

「何で」

「そりゃあ、ぐちゃぐちゃだし――」

特段の理由はなかったらしく、最初の時はそれで引き下がった。二回目も断ると、変だと言い出した。何カ月か前のことだ。

「アッシの私の所にいる時の様子を見てても、部屋がぐちゃぐちゃだなんて思えない」

紗弥加はそう言った。確かに僕は身の回りの整理なんかは下手ではない。あまり親に構ってもらわなかったというのも何だが、何でも自分で手際よくこなす方だ。

「部屋に連れて行ってくれないのは、何か私に見せたくないものでもあるんでしょう。まさか、別の女の子のマグカップがあるなんてことはないと思うけど」

「それはないよ。仕事厳しいの、わかってるだろ。ほとんど毎日真夜中のご帰還だ。紗弥加と会うのもやっとなのに何言ってんだよ。帰って寝るだけの殺風景な部屋だよ」

紗弥加の疑いは言下に否定した。だが、見せたくないもの、というより、見せる気にならないものがあるのは事実だった。

「ぐちゃぐちゃの殺風景な部屋を見たい」

そう言いながらも、その時も紗弥加は引き下がったのだけど。

「部屋も見せてくれないし、あるところから先へは、アツシは私を入れようとしないんだ」

紗弥加は目じりの涙を指の先で拭って呟いた。それからコーヒーカップに手を添えたけれど、まるでカップの表面を観察でもしているように暫く俯いたままの姿勢でいたが、

「私さ、父親はいないし、母親ともまともに付き合ってないし――」

紗弥加が半分視線を外しながら、小さな声でポツリポツリと独り言のように話し始めた。

「最近、アツシのことを大事にしたいと本気で思い始めたんだよね、だけど――」

そこで言葉を切った。こちらは見ない。

無意識にため息をついた。気づいて、悪いことをしたような気がして、慌ててごまかすようにカップを口元に運んでコーヒーを一口飲んだ。カップをソーサーに戻す時ぶつけるような大きな音を立ててしまった。それでも、紗弥加はぴくりとも動かない。

「わかった、今から僕の部屋に行こう」

伝票を摑んで――いつもはどっちが払うかを形だけでも話し合う。そしてたまに紗弥加が払うこともある。給料から考えたら僕が払うべきなのだ。男だからということじゃなく

て。でも、紗弥加もいつもおごられるのは気が引けるみたいだったから――立ち上がった。驚く紗弥加を尻目に僕はレジに向かった。僕は三十一歳、紗弥加もじきに三十歳。この歳だと結婚していない奴も結構多いけど、二年も付き合ってるんだ、そりゃあいろいろ考えるだろうな、と思いながら。

＊

安普請のワンルームマンション。勿論賃貸。それでも部屋は南向きでお天気のいい日は気持ちのいい陽射しが入る。フローリングに白っぽい壁、小ぶりのソファのカバーはカーテンの色と同系統のくすんだ緑色だ。紗弥加に言ったように寝に帰るだけの部屋になりつつあるけれど、だからといって脱ぎ捨てた衣類がソファに丸まっていたり、床にレジ袋や紙くずが散乱しているような状態ではない。そこの辺りは自信がある。

だが、その、そこそこ整った部屋に一歩足を踏み入れて、紗弥加が目を瞠った。

「何、あれ」

「何って、見てわかるだろ」

「わかるけど――」

紗弥加はそこで唇を引き結んだ。紗弥加が見つめているものを僕も見つめながら、紗弥加の次の言葉を待つ。二人の視線の先には、外側は黒く内側は金キラキン——とはいうものの大分古いからちょっとその光もくすんではいるけれど——の「仏壇」が壁を背に鎮座している。その大きな「箱」をこの部屋に収めるために、僕はソファをずらしたり、パソコン机を部屋の隅に押し込んだりしなくてはならなかった。この家具ともいえない代物がこの部屋にあることにももう慣れた。一年半にもなるのだ。だが、僕以外の人間の目にはどうしたって奇異に映る筈だ。以来、僕はこの部屋に他人を呼んだことはない。

紗弥加は黙ったままで後ずさりすると、仏壇に向かい合ったソファにもたれるように床に座り込んだ。

「ソファに座れよ」

「仏壇って、やっぱり下から見上げないと悪いみたいな気がするから」

視線を仏壇から逸らさずに紗弥加はそう言った。それから、立ち上がると今度は仏壇の間近まで行って正座をし、両手を合わせてから中を覗き込んだ。

「これ、誰」

「じいちゃんとばあちゃん」

仏壇の中の二つの位牌を見つめている紗弥加にそう答える。

「アツシのおじいちゃんとおばあちゃん」

鸚鵡返しのようにそう言って、紗弥加はまた両手を合わせ、

「こんにちは、紗弥加です。よろしくお願いします」

小さな声でそう言った。

僕はほっとしながら、たしかジンジャーエールがあった筈だと、グラスを食器棚から取り出した。窓からの陽に透かして汚れがないのを確認してから冷蔵庫を開けた。

「親はいるけど、ほとんど付き合いはないってアツシがそう言うから、私の方も同じだし、二人だけのことを考えてればいいんだと思ってた」

差し出したジンジャーエールを一口飲むと、グラスをテーブルに戻して、紗弥加はそう言った。もう彼女の瞳にさっきの喫茶店で見せたようないじけた影はない。心配していた途方に暮れるような不安感もなくて、むしろ生き返ったような光を放っていた。

「生きてる人間はそうだよ」

「でも、死んだ人も——死んでも家族ということだと思うよ」

死んだ人も家族——か。仏壇があるってことは、そういうことなのかもしれない。

親が離婚したことは前に紗弥加に話した。そして、ちょっと時間差はあったけど、両方とも再婚したことも。その時から、僕にも人並みにあった筈の実家というものが、僕の与り知らぬところで消滅してしまった。両親はどっちも連絡をしろと言うけれど、帰って来いとは言わなくて、親元に僕の居場所はなくなった。

紗弥加も似たようなものだというのは、彼女の両親も離婚しているというか——それは正式な離婚ではない。いやその前に正式な結婚でなくて、父親には別に奥さんがいた。でも紗弥加が生まれた。紗弥加は小さい頃は父親に可愛がられた記憶があるのだと言う。けれど顔を思い出そうとすると、夢の中のようにぼんやりとぼやけてしまう。いつか母親と二人だけの生活になっていて、母親は紗弥加が小学生の時に再婚——いや正式には初めてだけれど、とにかく結婚した。新しい父親に馴染めなかった紗弥加は高校を出ると家を出てしまった。本当の父親に会ってみたいという気持ちはないでもなかったが、連絡先はわからなかった。

そんな訳で、二人ともある意味気楽に自分たちのことだけ考えていればいいんだと話したことがあった。

「この仏壇、いつから、ここにあるの」

「おばあちゃんが死んだあと」

「あ、あの時——」

紗弥加は頷いている。

祖母が死んだのは去年のあの大震災の日だ。地震とも津波とも勿論原発事故とも関係がないけれど、同じ日だった。その前日から僕と父は祖母の入院していた病院に詰めていて、祖母が息を引き取ってまもなく、どすんというような大きな音がして揺れが来た。病院が海上の船みたいにゆらりゆらりと揺れた。死後の処置のために僕と父は病室から追い出されて廊下のベンチに腰かけていた。慌てて立ち上がって少しよろけた。それから揺れが治まるまで暫くの間ベンチに手をついて体を支えていた。病室の扉は閉まっていたけれど、中から看護師さんの悲鳴のような声が聞こえていた。

それでも、被災地から遠い祖母の住んでいた土地では、そのあとの通夜や葬儀などには何ら影響はなく、それらは型どおりに進んだ。とはいうものの、洪水のようなという比喩は本物の洪水のあとではあまり適切でない気もするが、とにかくテレビも新聞も地震や津波や原発事故一色で、それは当然のことだったから、何だか通夜や葬儀にかまけていること自体が気が引けるような気さえしたものだ。だから、祖母の弔いの儀式が終わったあとも、僕は祖母の死を世間がそんな風に騒然としていたことと切り離して考えられなくなってしまった。

その頃はもう紗弥加と付き合っていたから、帰ってから震災の話の合間に葬儀のことなどやそんな気持ちも話した記憶がある。

だが、あの時はまだ仏壇がこの部屋に来ることになるとは僕自身考えていなかった。

「おじいさんは、いつ亡くなったの」

「僕が生まれる少し前だって」

「じゃあ、顔も知らないんだ」

「おじいちゃんが死んでから、おばあちゃんは県営住宅にずっと一人で住んでいた」

仏壇に殊勝に手を合わせた紗弥加に、僕は祖母のことを話し始めた。そうしなければならないような気がしていた。

＊

祖父と祖母と一人息子の父が住んでいた隣県の県営住宅は平屋建てで六畳と四畳半の二間しかなくて、台所は冷蔵庫を置くスペースも考えられていないほど狭かったなどとよく聞かされた。けれど、昔の公営住宅は別のゆとりがあったみたいで、ちょっとした庭もあって、祖父は池を作って鯉を飼っていたとか。六畳と四畳半の二間というと一家族が住むには確かに狭いようだけれど、当時としては悪くなかったんじゃないだろうか。

その平屋の住宅が高層建築に建て替えられたのは、父が高校を卒業して働き始めた頃だそうで、部屋は３ＤＫ、六畳と四畳半にもう一つ五畳くらいの洋間もあってそれが父に割り当てられた。新しくてきれいだし、生活自体がモダンにならざるを得なくて父は喜んだそうだが、庭もなくなったし、家賃は上がったし、いいことなんかあんまりなかったねえと、祖母から聞いたことがある。

その住宅の居間にしていた六畳の部屋に仏壇があった。祖父が死んだあと祖母が買った。まだ僕が小さくて親子三人で祖母の所に行った時なんかに、祖母が喜ぶから僕はいつも仏壇に線香をあげて手を合わせた。ちょっと暗い仏壇の中は、周囲の世界、世界と言ったって古ぼけた畳――その頃は畳も大分そそけて来ていた――の敷かれた普通の和室で、立てつけの悪い襖で隣室と仕切られて、テレビが置かれて、夏は扇風機が回り冬は炬燵が大きな顔をしていた、そんな何ということのない日常生活が繰り返される部屋とは違うものが、その狭く重い空間を満たしていて圧倒されるような感じがあった。そのいくらか怖いような緊張感が面白くもあって、全然知らない祖父をその時だけは意識して、自分のルーツみたいなものもほんの一瞬だけど考えて厳粛な気持ちにもなった。

祖母は墓がないことを苦にしていた。おじいちゃんのお骨はどこかのお寺に預けてあるけど、何とか自分の死ぬ前にお墓を買いたい、そこにおじいちゃんのお骨を納めて自分も入るのだという話をよくしていた。お父さんたちはそんなこと全然考えていないようだからって。

そして、祖母は墓を買った。

大学の二年の夏休み、祖母の所へ行ったら、お墓参りについてきてくれと言われた。驚いたけれど、小さなお墓が買ってあった。二人で新しい墓石とその周りを形ばかり掃除して、スーパーで買った花と線香を供えて、手を合わせた。

その頃はもう両親は離婚していた。僕が大学入学と同時に家を出たらすぐ両親は離婚して、冬には父は再婚していた。母はアパートに独り暮らしをしていたけど、暫くして母も再婚した。

＊

「でも、どうして仏壇がアッシの所にあるの」

祖母の顔を思い浮かべながら、とりとめなく話し続けていた僕がちょっと疲れて口を噤んだ時、黙って聞いていた紗弥加が訊ねた。

「そうだよね」

頷きながら、僕はテーブルの上のグラスをとり上げた。ジンジャーエールはぬるくなっていたが、喉を鳴らして半分ほど飲んだ。紗弥加がじっと見つめている。

「お墓を買ってからおばあちゃんが死ぬまでほぼ十年かな。お盆や正月だけでなく、結構一緒にお墓参りをしたよ」

立ち上がって、西陽が差してきた側のカーテンを半分引いた。陽が当たらないように西側の壁の前を仏壇に譲ってソファの位置を東側にしたので、座ると午後の遅い時間には西陽をまともに受けることになるのだ。普段はこんな時間あまり部屋にいないけれど、休みの日はつくづく仏壇を眺めてしまう。その度に祖母の顔が浮かぶ。

「おばあちゃんが死んだ時は、通夜と葬式を県営住宅の集会室でやった。そのあと、県営住宅は明け渡さなくちゃいけないからって、半月くらいしてからかな、呼び出されて、みんなで集まって片づけをした」

「集まってって、誰？」

「父さんと母さんと僕」

ああ、と紗弥加が頷く。

「お母さんも来たんだ」

紗弥加はちょっと驚いている。

「うん、父さんがこれで最後だからって呼んだ。母さんに関わりのあるものだって出てくるかもしれないからって」

「人が一人亡くなったあとの片づけって、大変なんだろうね」

紗弥加の声はため息のように聞こえた。

祖母の家は、それなりにきちんとしていた。若い頃のようにはいかないとこぼすのを聞いたことはあったから、本人としてはいろいろな不手際を感じていたのだろうけど、部屋がゴミだらけなんてことはなかった。特に両親が離婚してからは、もう敬子さんに――母の名だ――頼れないからって、自分で身辺整理を始めていた。結構合理的にものを考える人でもあった。だから、片づけはそれほど大変でもなかった。けど、これどうしようっていうものもやっぱりあって、その一番が仏壇。

「仏壇だけどな」

三人で何冊かのアルバムを広げて、手元に残したい写真を物色している時、不意に顔を上げて父が僕に話しかけた。

「お前、引き取ってくれないか」

一瞬、言われたことの意味がわからなかった。母が驚いたように父を見つめた。

もう春の薄い陽が傾きかけていた。ベランダ側のアルミサッシの硝子窓を閉めているけれど、カーテンを外してしまっているので、陽射しが直に顔を打つ。逆光になって父の表情はほの暗かった。目を逸らして西側の壁にくっつけておかれた仏壇を見つめた。

仏壇に陽が当たってはいけないからね、西陽の届かないここに置いてるんだよ。祖母の声が聞こえる。それにこっちを向いて拝むと西方浄土を拝むことにもなるしね。サイホウジョウドって？　極楽浄土——天国って言えばアッチャンにもわかるかね——。

「お前はいつもおばあちゃんと一緒に仏壇にお線香をあげていただろう」

「でも、敦史にそんなこと——」

母がためらいがちに小さな声を出した。

「君はもう関係ないんだから」

母はうなだれた。確かに離婚し再婚した母には、もう父方の仏壇も墓も関係ないのだろう。

「一人息子なんだから、あなたが面倒見るべきでしょう」

母はそれでも低い声で主張した。

「そうなんだが――」

父は母の言葉を受けながら母の方は向かず僕を見つめた。僕は少し座り位置をずらして陽射しを避けて父の顔を見た。父が真面目であることがわかった。

「面白くない理由だろうが、彼女が――香苗は一人娘で自分の家の墓を守らないといけないんだ。仏壇も墓も宗派の違うものは受け入れられない、と言ってる」

父は唇を引き結んで目を逸らした。それからゆっくり体を捩って仏壇を見つめた。

「そんな勝手なこと――」

母が怒ったように呟いた。

「こんな言い方は申し訳ないが、結局お前が守ることになるんだから」

父がそう付け足して、

「頼む」

深々と頭を下げた。父が僕にそんな風に対したのは勿論初めてのことだった。何だか妙な気持ちでいた時、父が顔を上げた。そして、墓も僕名義にしたいと言い出した。墓は一種の財産で、承継手続きが必要であるらしかった。

「だって、毎年供養料を払わなくちゃならないのよ。敦史の所に請求が行っては可哀想じゃないの」

母が叫ぶように言った。そうなのか、と僕は思っていた。

「供養料っていくらなのか知ってるのか」

父が母に向き直った。

「私が聞いた時は年間五千円だったわ。多少上がってるかもしれないけど」

「え、母さん、お墓を買ったあと、おばあちゃんと話したことあるの」

思わず声を出したが、母は黙って頷いただけだった。あの頃は離婚と父の再婚と、騒動、と言っては何だけれど、事態がまだ気持ちの上で収拾していないような時期で、おばあちゃんのことなど二人とも考えていないと思っていた。

「そうか、案外安い、良かった。なら、十年、いや二十年分を渡しておくから――」

母が呆れたように口を開けかけたが、言葉は出て来なかった。

「お袋の買った墓を私の名義に変えても、どうせ私が死んだ時にまたお前に変えなければならないし、私は香苗の家の墓に入ることになると思うから、実質的な承継はできないんだよ」

「え、そうなの」

ちょっと驚いた。母もびっくりしたように父を見つめている。

「香苗がそうしてほしいと言っている」

「何ということ」

母は開いていたアルバムをわざと大袈裟に閉じた。低い小さな音がした。母の気持ちはそれでは治まらなかったようで、今度は近くにあった乾いた雑巾を手に取って壁に向かって投げつけたが、これもぱさっと軽い音のあと、壁を伝ってくにゃりとだらしなく畳に延びた。それを見ながら母は言った。

「つまり手切れ金って訳ね。それなら五万十万なんてはした金じゃ済まないわよね。敦史、もっと吹っかけなさい」

＊

「何か、すごい」

紗弥加はふうっと息をついてそう言った。

「でも――」

紗弥加は暫く考える風だったが、

「手切れ金って誰との手切れ金？」

そう、僕もあの時それをちょっと考えた。

「仏壇とのっていうか、おじいちゃんやおばあちゃんを供養することとのっていうか、まさか親子の縁を切るって――死んでたら切るに切れないか――訳じゃないと思うけど」

「何だかすごくドライ」

「まあ、父さんの事情もわかるし」

「でも――」

何か言いたそうな紗弥加を遮った。

「父さんは、優しいというか、ひとの言うことを否定しないんだ。いつも自分を抜きに誰かのために一生懸命になる」

「そんなの、みんなに対してできることじゃないよ」

「そう、だから、いつも誰かとぶつかる。母さんとの間でもいっぱいあった。でも、僕は許すことにした。悪い人間じゃないんだ」

「でもさ、もしアツシに引き取れない事情があったら、どうなるの。もしか、アツシみたいな子どもがいなかったら」

無縁仏、という言葉が浮かんだ。

無縁仏の墓の山を見たことがある。祖母がまだ元気な頃一緒に墓参りに行った時のことだ。祖母の墓がある墓地は、そこだけ区画整理を避けたみたいな市街地の一角で、それほど広くはない土地に、大小の墓が思い思いの方向を向いて建っていた。整然と区切られた敷地に真新しい墓石が教室の机のように同じ方向を向いて並んでいる光景は見たことがあるけれど、そんな墓地は初めてだった。何とも統制がとれていないのだが、風雪に耐えて角が丸くなったような石もたくさんあって、史跡を巡っているような感じさえあった。

ある時、その墓地の入り口の脇の空き地に、苔むした大小の墓石が、一体いくつくらいあったのだろう、僕の背丈の倍くらいの高さに無造作に積み上げてあった。逆さまになっている一番手前の石に「安政」とあるのが辛うじて読めた。

「どうしてこんなことになってるんだろう」

お墓の山を見あげながらそう言うと、

「守る人が誰もいなくなるとねえ」

祖母はため息をついた。

墓地の整備の一過程だったのだろう。祖母は目を閉じて、暫く黙って手を合わせていた。次に行った時にはその山はもうなくて、その位置に石仏が立っていて、無縁仏の供養の像というようなことが書いてあった。あの歴史の遺物みたいな苔むした墓はどうなったのだろうと思っていた。

子どもがいても父のように仏壇もお墓も継げないとなったら、やっぱりそれは無縁仏になるのだろうか。いやそうしないために、父は僕に金を寄こしたのだ。僕と縁をつなぐために——だったら、やっぱり、父にとっては手切れ金か。

無縁仏の山の話を紗弥加にした。あの時のちょっと悲しいような気持ちを共有したかった。

「無縁仏か」

紗弥加は暫く考えていたが、

「アツシはおじいちゃんやおばあちゃんを無縁仏にしたくなくて、仏壇とお墓を継いだってことね」

「仏壇には小さい頃から馴染んでいたし、お墓はまだ買って十年くらいだけど、おばあちゃんが執着してたのを知ってるから」

紗弥加は頷いてから、くるりと仏壇に向き直ると、

「良かったですね、おばあちゃん、アツシがいい子で」

笑顔で仏壇に声をかけてから、また手を合わせた。

仏壇は引き取れるけど、お墓は運べないしどうするのかと思っていたけど、とりあえず供養料を払っていれば――年間五千円は母の言ったとおりだった――草ぼうぼうになってもとにかく墓として存在する。たまにはお墓参りに行って掃除くらいはする方がいいのだろうけど。

供養料の請求はお盆の少し前に来た。郵便振替の用紙が入っていて、銀行口座からの引き落としも可能という手紙も同封されていた。便利だからそうしようかと思ったけど、そんな風に知らない内に供養料が落ちるようになったら、自分の意識も薄くなるかもしれないという気もして手続きはしてない。これまで二度郵便局で自分で振り込んだ。

「これ、どうやって運んだの」

紗弥加が手を合わせていた仏壇から視線を僕に移して訊いた。

「レンタカーに乗せて」

紗弥加が目を瞠ってから苦笑した。

「こんなに中にいろいろあるのに、うまく運べたんだ」

「どこに何を置くか絵とか描いておいた。貼ってがせる紙テープとかいうのに番号を書いて間違わないようにして、上からぶら下がってる金ぴかのちゃらちゃらした飾りみたいのも壊れないように気を付けて――。でも、少しはダメにしちゃったかもしれない。結構大変だったから、おばあちゃんも許してくれると思う」

「お線香とかあげてた？」

うん、と声に出して頷いてから、時々、と小さく付け加えた。

僕の部屋に運び込んだその時から、仏壇はその前でお坊さんにお経をあげてもらうこともないし、位牌の入ったただの箱に過ぎないともいえたけど、でも真似事でもなんでもいい、要は気持ちの問題だと思うことにして、花は高いけど線香くらいなら百均でも買えるから、思い出した時に供えていた。

紗弥加は笑顔で鷹揚に頷いた。それでいい、とでも言いたげな顔つきだ。さっき喫茶店で向かい合っていた時の態度とは全然違っていた。

2

マンションの合鍵を作って紗弥加に渡した。紗弥加は時々立ち寄っているみたいで、夜中に帰るとかすかに線香の香りが残っていたりする。ある時、何だか変わった匂いがするので仏壇の引き出しを開けてみたら、線香の小さな紙箱が二つあって、片方にはコーヒーの香り、もう片方はジャスミンの香りと書かれていた。笑ってしまった。

紗弥加は保育園で働いている。保育士ではない。それまで事務職で働いていた会社を雇い止めになって、そのあと見つけた働き口だった。保育の補助が基本で、事務もやるし、掃除や庭の草取りとか、給食の小母さんの手伝いとか何でもやるらしい。夜勤だと手当が増えるから進んで引き受けている。そんな時は昼間の時間が空くから気軽に敦史のマンションに出入りしていて、今では紗弥加の方が敦史よりずっと真面目に仏壇に向かっている。

その紗弥加が、夜、十時過ぎに帰ってきた敦史を待っていた。キッチンのテーブルには茹で野菜を添えたチキンのソテーの皿が載っていた。

「おっ、やったね。コンビニ弁当買ってきたけど、やっぱりこっちの方が美味そうだ」

レジ袋の中から弁当とビールの缶二本を取り出しながらそう言ったが、紗弥加は椅子に座ったまま黙って頷いただけだ。それでも立ち上がって、食器棚からグラスを一つテーブルに出した。そのグラスの横に、ダイレクトメールの封筒に重ねて、毛羽立った古い封筒が見えた。

「明日は休みなの？」

上着を脱いでハンガーにかけてから、紗弥加の向かい側に座った。遅くまで待っていたのだから当然、と思ってそう言ったのだが、紗弥加は首を振った。

「明日も仕事。アツシが早かったら話をして帰るつもりだったけど――。朝早く出て、それから仕事に行くわ」

「間に合うの」

「早い電車に乗れば、大丈夫」

どうして――と、ビールの缶を開けながら言いかけたが、コンビニから歩いて来る間、うっかり振ってしまったのだろう、プシュッと音を立てて開いた缶の口から泡が溢れ出た。紗弥加がはじかれたように古い封筒を手に取って立ち上がった。泡からかばうように封筒を一瞬胸に抱いて、それからおもむろに布巾を手に取ってテーブルを拭いた。

「それ、何なの」

ビールをグラスに注いで一口飲んでから、椅子に座りなおした紗弥加に訊ねた。

うん、と紗弥加は頷いて、掌で触ってテーブルが濡れていないことを確かめて古い封筒をそっと置いた。

「おばあちゃんへのラブレター」

「は?」

「仏壇の引き出しで見つけた」

怪訝な思いで手に取ろうとすると、紗弥加が、手、拭いて、と言う。冷えたビールの缶で手が濡れていると思ったのだろう。乾いていたけれど一応タオルで拭いた。

紗弥加が重々しく封書を差し出す。和紙の封筒で毛羽立って色も部分的に茶色っぽくなって底の辺りが少し破れている。表に敦史の知らない住所と祖母の名が几帳面な字で書かれていた。裏を返すと福井県――郡――村と記されている。差出人は、茅盈。

「これ、読める? 何か難しい漢字」

「カヤ・ミツルかな」

「カヤミツル、ふうん。カヤは読めたんだけど。ミツルか――」

紗弥加はしげしげと封筒を見つめている。

敦史はその字をどこかで見たような気がしたが、思い出せないまま、そっと中から手紙を取り出した。厚みはなかったが巻紙に毛筆だった。謹啓、と始まる手紙は、半分は崩し字で、判読できない字もたくさんあった。どの文末にも同じ漢字があるのは、多分「候」という字だろうなど、あれこれ見当をつけながら、読めないところは飛ばすしかなかったが大体の意味は取れた。つまり、
満洲から一緒に引き揚げて来た茅です。あなたの住まいをやっと知ることができた。同時に結婚していることも知った。おめでとう。一度会いたいと思っていたけれど、人の妻になっている人に、わざわざ会いに行くのも妙なことだろうと諦めることにした。お元気で。

ざっと、そんなところだ。

「とにかく食べる」

手紙を紗弥加に手渡すと、紗弥加は大事そうにゆっくり巻き戻した。その動作を見なが

ら、ビールを二口ほど喉に注ぎ込んで、箸を取って紗弥加お手製のチキンに食らいついた。冷めていたけど柔らかくていい味だ。

「それ――仏壇の引き出しにあったって」

紗弥加は大きく頷いた。

「だけど、引っ越しの時、引き出しは全部いったん空にしたよ。こんな手紙入ってなかったと思うけど」

あのね、と紗弥加はひそめたような声を出した。

紗弥加はまた新しい線香を買ってきた。柚子の香りだそうだ。新製品で、そこで焚いていて、甘い匂いで気に入ったからと言訳をした。

仏壇に向かい、その線香を一本焚いてから、箱を引き出しにしまおうとしたが、コーヒーとジャスミンの箱もあったからうまく納まらない。あと少し高さがあったら入るのにと思った時、底に厚紙が敷いてあるのに気づいて剥がした。その下にこの封書があった。

「ああ、あれか」

頷いた。仏壇を運ぶ時、引き出しの中のものを出して段ボール箱に詰めた。片側の引き出しの底に厚紙が貼りついていた。ぴったり納まっていたのでそのままにした。底板が汚れでもして紙を敷いたのだろうと思っていた。

「悪いかなと思ったけど、開いてみたの。こんな筆書きの、おまけに巻いてある手紙なんか初めてで、崩し字で半分も読めなかった。習字でもやっとけばよかったなんて思いながら読んだけど、でも、ラブレターだってことはわかった」

「ラブレターって、別にそんなことは書いてないんじゃない」

「やっと見つけたと思ったら、結婚していたから諦めるしかないけど、諦めきれないから手紙書いたってことでしょ。ラブレターよ」

紗弥加は断言する。

「一生懸命読んでる時ね、ずっと柚子の香りがしていた。何か手紙にぴったりな気がしたの。ああ、このお線香買ったのは、おばあちゃんのお導きだったんだと思った。おばあちゃんこれ見つけてほしかったんじゃないかな」

「何だよ、それ」

チキンの最後の一切れを口に放り込んで、残りのビールをあおった。仏壇を見せてから紗弥加は少しおかしいんじゃないか。

二缶目のビールを開けて、飲まないの？　と掲げて見せると、紗弥加は慎重に手紙をテーブルの端に置いてから自分用のグラスを出してきた。二つのグラスに等分に注いだ。軽く音を立てて合わせせる。いつもの癖のようなものだけれど、今日は手紙を発見して、静かにしているけれど多分やや興奮状態の紗弥加の気持ちにも乾杯だ。

「宛名の住所は知ってる？」

「おばあちゃんが結婚当時に住んでた所なんだろうけど、知らない。僕が知ってるのは、例の県営住宅だけだから」

「おばあちゃんにも、いろいろなことがあったのよね」

「まあ、誰でもそうだろうけど、子どもの頃は満洲にいた訳だから、普通以上だろうね」

「その満洲――だけど、中国だよね。何でそんな所にアツシのおばあちゃんはいたの」

「何でって、家族で満洲にいたんだよ。日本が戦争に敗けた時、命からがら引き揚げて来たっていう話は何度か聞いた。食べ物がなくてひもじかったとか、途中でたくさん人が死んだりとか、大変だったって。聞いてるこっちも子どもだから、あんまりよく理解できなかったけど、おばあちゃんが、だから戦争はダメだっていうのは納得していた」

紗弥加は真面目な顔で頷いてから、首を傾げた。

「でも、やっぱりわからない。何で満洲なの」

紗弥加が同じ質問を繰り返す。

「だから、日本が戦争で攻め込んで、自分の領地みたいにしてたんだよ」

「でも戦争で軍隊が行くのはわかるけど、何でおばあちゃんたちが行くの」

「会社も銀行もいろんな商売人も勤め人もお百姓さんもみんな行って、そこで日本の国にいるのと同じように暮らしたんだよ」

「それなら、何で日本に帰ってきたの」

「戦争に敗けたら、帰ってくるしかないだろ」

「そこにいられなくて――じゃあ、おばあちゃんも悪いことをしていたの？　向こうの人たちに」

紗弥加が素っ頓狂な声を上げた。

「そんな――悪いことをしたのは上の方だろ、多分」

そう言ってみたが、あとが続かない。そんなこと僕にもわからない。

＊

映画を見たあとなのに、映画の話から外れて、またカヤミツルさんの話をしていた。古い手紙を見つけて以来、敦史と会うと必ずカヤミツルさんの話になった。なったというより自分がそう仕向けてしまうのだけど。カヤミツルさんとアツシのおばあちゃんのことが何だか気にかかって仕方がない。

噴水のある公園のベンチに並んで座っていた。空はちょっと曇り気味で、雨が落ちてくるのを恐れるのか、なんとなく前を行き交う人たちが足早だ。その中に、老女と言ってもいいくらいの年配の女性が一人悠然と歩いていて、その背筋の伸びた着物姿に思わず見とれた。

「そろそろ行こうか、雨が降ってくるかもしれない。傘ないだろ？」

「アツシのおばあちゃんって、きれいな人だった？」

女性の後ろ姿を見送りながら言った。

「全然噛みあってない」

睨む敦史に頷いて、立ち上がった。

「若い頃のおばあちゃんに会ったことないから、わからないよ」

それでも、歩きだしたら、ちゃんと応えてくれた。

「写真とかは？」

「今みたいに簡単に撮る時代じゃなかったんじゃないの。黒い着物の結婚式の写真はあったけど、無表情で蝋人形みたいだった」

「カヤミツルさんってどんな人だと思う？」

「おじいさんに決まってるだろ」

もう、と敦史の背中をぶった時、バッグの中で、携帯が、デンワダヨ、デンワダヨと騒ぎ出した。

「その着信音さあ、静かな音楽に変えたら」

敦史が言うのを無視して、ディスプレイを覗き込んで、思わず、あ、と声を出した。

ディスプレイに表示されたのは、おかん、の三文字。電話なんて何ヵ月ぶり？　雨が降るよ。いや、本当に降って来そうなんだけど。

もしもし、とだけ言うと、何の前置きもなしに喋り始めた。

「あなたの、チチオヤノナマエハヤマセユウスケ――。もうすぐ彼の件で弁護士から連絡があるから、きちんと対応しなさい。わかった？」

「何、それ」

父親、の、名前は、山瀬雄介――。これまで一度も口にしたことのない名を、こんなにあっさりと告げられて、それで、何で弁護士？

「死んだのよ」

「死んだって——あの、その、ヤマ——」

「山瀬雄介、あなたの父親が死んだの。心筋梗塞だって。まだ死ぬ歳じゃないんだけど」

声が出なかった。

「もしもし、それで弁護士があなたと話したいんだって。遺産でもあるのかもね——大した金持ちでもなかったけど——。子どもは息子が一人、奥さんはとっくに死んでるから、相続人は息子とあなたの二人って訳だから」

何だか頭がぼうっとしていた。

電話は勝手に切れた。敦史が心配そうに覗き込んでいる。

「おかん、だった」

「お母さんから？　何」

「実の父親が死んだって。弁護士が私に会いに来るんだって」

ええっ、と敦史が大きな声を出した。

「お母さんは、お父さんと連絡取れてたんだ」

ぐいと顔を上げて、敦史を睨んだ。

「そんなこと、全然知らなかったけどね。だって、私には父親の名前も教えてくれてなかったのに、ついさっきまで。もう死んだも同然の人間だと思っていたのに」

敦史のおばあちゃんの仏壇を見た時、敦史に向かって家族はいないも同然と言ったくせにとからかったのに、自分の方こそ何の関係もなかった筈の父親が、死ねばこうして連絡が来て、おまけに弁護士が会いに来る。世の中は自分たちの意識とは別なところでつながっているのだろうか。

「あ、降ってきた」

中空に掌をかざして敦史が声を出した。

「走ろう」

叫んで敦史より先に走り出した。これでも陸上の選手だったんだ。走るのは得意。地下鉄の入り口めざして思い切り走った。何も考えたくない気分だった。

＊

次の休みの日、紗弥加は弁護士に会うために指定された喫茶店に行った。入口で室内をぐるりと見渡すと、地味な背広、眼鏡にネクタイ姿の、どこと言って特徴のない中年の男が顔を上げてこちらを見つめた。目印にと伝えられた小ぶりの黒鞄がテーブルの隅に載っている。男は窓際に座っていて、斜め後ろからの午後の陽射しのせいで、顔が幾分翳って見えた。

紗弥加が近づいて黙って脇に立つと、男は紗弥加を見つめてから頷いて、掌だけで向かい側の椅子を勧めた。紗弥加のあとに続くようにウェートレスが水とお絞りを持って来た。コーヒーを注文した。

「野間紗弥加さんですね」

ウェートレスが去るのを待って、男は表情を崩さずそう言った。

「私はあなたのイフクの兄の山瀬雄一です」

「イフク」が「異腹」であることに気が付くのに暫くかかった。窓硝子を通した陽射しのまぶしさからか、少し頭がくらくらした。

「弁護士さんだと――」

「弁護士をしています」

その表情にかすかに笑みが浮かんだような気がした。ああ、そういうことか、と思った。

男は内ポケットから革の小さなケースを取り出し、名刺を一枚抜いてテーブルに置いた。母は電話をかけてきた弁護士が父の息子であることを知っていて黙っていたのだろうか。

「この間、お母さんにもお話ししましたが、父が亡くなりました。あなたは父を覚えていますか」

紗弥加は、ゆっくり首を振った。

「ずっと、父親は死んだも同然と思っていましたから。というか、最初から母と二人だけの家族だったんです。死んだと言われて、そうか、私にも父がいたんだと、びっくりしています」

ましてイフクの兄など、と口にはしなかったが、父の死よりも目の前の男性――山瀬雄一の出現に心底驚いていた。

雄一は黙って頷いた。

「母の電話番号なんか、良くわかったんですね」

「父のメモにありました。お母さんは今の方と結婚される際もそのあとも、父に連絡をしていたようです」

初耳だった。いや、母は父親のことなど一切話さなかった。紗弥加とて、中学とか高校生の頃、一度ならず父親のことを母に訊ねたことがある。だが、母は相手にしなかった。

ウェートレスがコーヒーを運んできて、テーブルにそっと置いて去った。

「母は早くに死んだんですが、長く臥せっていましてね、高校生だった僕はそんな母を置いてあなたのお母さんのところに通い詰めている父が許せなかった。それで、父を責めた。父はあなたのお母さんと別れました。いわば、あなたから父親を奪った張本人は僕です」

いつのまにか私が僕に変わっている。

「僕はあなたのお母さんの家を偵察に行ったこともある。小さい頃のあなたを見たこともある」

紗弥加は顔を上げて雄一を見つめた。異腹の兄――叔父、というくらいがちょうどいい年齢だと思った。

「あの、お墓はありますか」

え？　と雄一は小さな声を上げた。場違いな質問だと紗弥加自身も思った。だが、雄一は、紗弥加が不審に思うくらい長い時間、目を細めて何かを窺うように紗弥加を見つめていた。

「あの、私——」

「あなた、父のことをどれくらい知ってるのかな」

「何も」

慌ててかぶりを振った。

「父の田舎は？」

田舎？　そうか、田舎に墓があるのか。

「知りません、私は、ただ」

「墓参りをしたいとか？」

「それは——わかりません。いえ、今はそんな気持ちはありません。何しろ自分とは関係のない人だとずっと思っていましたから。ただ、死んだらお墓に入るのだろうなって思っただけです」

アツシのおばあちゃんはお墓に入っている。でも遠すぎてアツシは供養料を払うだけでお墓参りにはなかなか行けそうもない。そんなのはお墓を守ることにはならないのではとアッシは思っている。お墓はそれを守る人がいてお墓としての意味があるのだ。そんなことを考えていたから、不意にお墓のことを口にしてしまったのだが、そんな説明はしにくい。

雄一はなおも暫く紗弥加を見つめていたが、

「墓はある。あるにはありますす」

雄一はそう言うと、椅子の背もたれに体全体を預けて遠くを見つめるように心もち顔を上に向けた。暗く翳った表情に思いのほかに透明感が漂って、哀しみに近い感情を無防備にさらけ出しているように見えた。その変化に紗弥加は心を打たれていた。何気なく口にした言葉が、弁護士の衣をまとっていた雄一の心の奥底にあるものを不意に明るい光に曝してしまったようだった。

一息ついて、雄一は紗弥加を見つめ、口を開いた。

「本当に父のことを何も知らないんですか」

こっくりと頷いた。

「名前も知りませんでした。この間まで」

「訊ねなかったんですか」

「訊いても、いつもはぐらかされたから」

雄一の眼鏡の奥で瞳が光った。

「じゃあ、父の田舎がどこかも知らないんですね」

黙って雄一を見つめて頷く。

「福島県です。福島のM市――」

「M市って、あの――」

「被災地です。原発事故で多くが避難している地域です――そうか、じゃあ、父のことを少しお話ししましょう」

雄一は紗弥加に視線を据えたまま、そう言った。

＊

父は福島県のM市で生まれ育ちました。大学進学時に家を出た。六〇年安保のすぐあとの頃で――六〇年安保ってわかりますか？　あ、そもそも安保条約ってわかりますか？　うん、聞いたことはあるよね。一言で言えばアメリカとの軍事同盟。戦争のあとアメリカが日本を占領していたけど、一九五一年に調印された講和条約で形の上では日本は独立した。だが同時に安保条約を結んでアメリカの基地は残った。六〇年に改定しようとした時、国民的な反対運動が起きたんです。そう、今の原発に対する官邸前の抗議行動や何万人という人が参加する集会をそれになぞらえる人もいる。歴史的な事件です。

安保というのは安全保障の略で、基本的に防衛に関する条約なんですが、日米両国の間の経済的協力を促進するということも記されています。だから、日本の経済政策はアメリカ言いなりなんですよ。今問題になっているＴＰＰだって——。

いや、ごめんなさい、と雄一は突然言葉を切って、目を丸くして聞いていた紗弥加に苦笑して見せた。どうも、こういう話になるとつい力が入ってしまう。そう言って、カップを取り上げると、ゆっくりコーヒーを啜ってから、また口を開いた。

それはともかく、父は、今と違って騒然とした大学で学生運動をやった。そしてそこで知り合った僕の母と結婚して、そのまま卒業後も故郷には帰らなかった。

家には父の両親つまり僕の祖父母——ああ、あなたにとっても、祖父母です——がいて、伯父と伯母——父のきょうだいは三人で、長男、長女、少し離れて父です——の家族が両方とも近くに住んでいました。まあ父は気楽な末っ子というところだったんでしょう。祖父母は随分前に、伯父と伯母も十年くらい前に相次いで死にました。僕も葬式に行きました。村の墓地にお墓もありました。

そうか、私にもおじいちゃんとおばあちゃんがいたのだと紗弥加は思っていた。その存在を考えたこともなかった「親族」――。雄一の話は続いていた。

就職したけれど、じきに父は会社に疎まれるようになった。会社にとっては父の思想や姿勢が問題だったんです。

今ブラック企業というのがあるでしょう。労働者を好き勝手に使い棄てる。僕もこういう仕事をしているからそんな事例によく関わるけれど、たくさんあります。

すみません、またちょっと脱線しそうだ。

で、当時は今とはかなり違うけれど、職場に憲法はないという言い方がされて、人権を認めない大企業が結構あった。父はそれらと真っ向から闘った。父は誠実でいい人間だった――と思います。面倒見も良かった。友人も多かった。

でも結局、父は会社を辞めました。

その頃母が病気になり、少しあとから長い入院生活が始まりました。そして、いつか、父はあなたのお母さんと付き合うようになっていた。具体的にいつ頃かはわかりません。変だと思い始め、父のあとをつけてあなたのお母さんとあなたの存在を知ったのは高校生の時です。随分歳の差があるのに驚きました。そして、さっきも言ったように、僕の抗議で父はあなたのお母さんと別れた――。

父は律義で誠実で、どちらかと言えば不器用な人間だった。その父とあなたのお母さんがどんな風にして知り合ったのか。――どうやら、あなたもお母さんから何も聞いていないみたいですね。残念だな、今日、もしかしたらそれを聞けるかもと思ったのだけれど。

会社を辞めたあとの父は、暫くは定職に就けなくて生活は苦しいし、母は病気で入院したままで大きな鬱屈を抱えていたと思うし、その頃の父の歳になってしまうと、どこで何があったのかはともかく、あなたのお母さんに魅かれて別の家庭のようなものを持ってしまったのも仕方がなかったのかもしれない、なんて今は思う。当時は絶対に許せないと思ったのだけれどね。

しかし、金のない父とよくぞと思いますね。二人の気持ちは純粋だったのだろうと今は思えます。

あなたのお母さんと別れたのはちょうどバブルが始まる頃で、父は友人の小さな会社で働いていたけれど、俄然忙しくなった。金回りも少し良くなった。でも、バブルがはじけた。失われた二十年と言われる時代の幕開けです。学校を卒業しても就職先がなく、青年たちがまともな生活をすることが難しくなった時代。十年前は失われた十年と言っていたけれど、十年経っても変わらなくて、二十年になった。トドメが例のリーマンショックというところかな。

父の会社ももうもたなくなってきていた。父は七十歳に近くなって、僕も何とかこうして弁護士として生活しているし、故郷へ帰ろうかと思い始めていたようです。

そう、そこへ、あの３・11。

大地震と津波と原発事故――。

＊

「父は故郷には帰れませんでした。少し落ち着いてから僕と二人で近くまで、行ける所まで行ってみたけれど――」

雄一は静かにかぶりを振った。それから、気を取り直したように続けた。

「祖父母は随分前に、伯父と伯母も震災前に亡くなっていますが、いとこたちはあちこちに避難したままです」

――いとこ、か。考えたこともない。その彼や彼女らは被災者で、避難生活をしている

――。今まで遠い所にあった震災と原発事故の問題が、突然目の前に突き付けられたようだ。
「住む所については、何とか新しい土地で生きて行くことを考え始めていますから、おいおい整っていくでしょう。ただ、お墓までは――」
雄一は言葉を切った。水の入ったコップを取り上げて一口飲んだ。
「いろんな、新聞やルポのようなものを読むと、時々お墓のことも出てきますね。墓石が
なくなったり、散乱していたりと書いてある。ドミノのように倒れていると書かれている
のもありました」
「ドミノ――」
「墓石が同じ方向を向いて倒れているということですかねえ」
多くの墓石が、一斉に、一瞬になぎ倒される様を思い描いた。津波が押し寄せた時か、
いや引いた時だろうか。お墓の墓場だ。お墓に入っている人たちは生きていないから被災
者には数えられないだろうけど、やっぱり被害者なのだ。今まで存在すら考えたこともな
い祖父母も伯父も伯母も被害者だ。
「うちの墓はまあ無事でした。立ち入り禁止だったけど、父がどうしても様子を知りたが

るので行ってみたんです。でも、周囲を少し片づけるのがやっとだった。放射線のこともあるので、長居はできなくて——これからどうなるかわからないけど、そこに父のお骨を納める気にはなれないんです。勿論今はそうしたくてもできないんだけど」

ちゃんとお墓があるのに、お骨を納められない。そういうことも起きている。

「僕は無神論者だし、墓なんてこれまでほとんど気にしたこともありません。多分父もそうだった。でも、当然のように僕は父が死んだらお骨を父の故郷のあの墓に納めるのだと思っていた。父も故郷へ帰ろうとしていたんだけれど、それは、最後はあのお墓に入るということでもあったんだと思います」

「今、その——お父さんの、お骨は？」

自分の父親ではなく、雄一の父親という意味で言ったつもりだった。

「家にあります」

「仏壇に？」

そう言ってから気づいた。

「仏壇は、被災地——ですか」

雄一はこっくりと頷いた。

「仏壇も被災しました」

こちらに向けた笑顔が歪んでいる。

「形だけでも小さな仏壇を買って、父にはそこで我慢してもらおうかと思っています」

雄一は、ふうっと小さく息を吐いた。

「結局、お墓のある所がふるさとなんですよ。墓というのは、何年かに一度でも、法事とか何かの時に、親族が集まる、そういう一つの拠点だったのだと思うようになりました」

親族の拠点――。

「古いんですか、そのお墓。その、先祖代々の墓、というようなお墓ですか」

「そう、古い。墓石は祖父の代に新しくしたけど、墓としては古い」

アツシの家のお墓はおばあちゃんが買った新しいものだから、まだ親族の拠点にはなれてなかったのだろう。

山瀬家の墓は放射能の中でお参りすることができない。アツシのおばあちゃんは偶然震災の日に亡くなったが、遠くてお墓参りは難しい。そう思うと、一年半前のあの日を境に、二組の霊たちが何かしら恨めし気に周囲に彷徨っているような気がして紗弥加はそっと首をすくめた。それから思いついて訊ねた。

「あの、そういう時、お墓の供養料はどうなるのですか」

「供養料？」

雄一は目を瞠ってから苦笑した。

「面白いことを気にするのですね」

アツシはお墓の供養料を払っている。墓参りには行ってないから、墓を守っているとは言えないと半分思っているけど。

「お寺も寺として機能していないから――。今のところ、供養もできない」

そうか。

「じゃあ、もうそのお墓を守ることはできないのですね。その――山瀬家のお墓は」

テーブルの上の名刺に視線を走らせて、異腹の兄の、そして父の名前を確認しながらそう言った。山瀬という名を口にしたら、それは自分とは関係ないような気が少しした。

「そうですね、今のところは」

「そのお墓に入っていた、山瀬家の先祖代々の人たちは、その、――無縁仏になるのでしょうか」

「本当に、若いのに変わったことを考えるんだね」

今度は雄一は素直に笑っていた。

「まあ、寺に依存しての供養は重要な形だけれど、それが機能しなくても、僕たちの心の中に死んだ人が生きていれば、無縁仏というのは当たらないのでは。祖父母も母も、僕の中に思い出はちゃんと生きているから——」

そこで雄一は言葉を切った。

「でも、もっと古い人になるとそうはいかないな。知らないご先祖がたくさん葬られている。無縁仏だなんて、そんな言葉は思いつきもしなかったけど。3・11は多くの無縁仏を生んだのかもしれないね」

頷いた。多くの霊魂が、破壊された原発の周囲を放射能にまみれてさまよっている。かすかに身震いして、その無意識の体の反応に、何か悪いことをしたような気になって紗弥加は黙り込んだ。暫く二人とも、静かに冷めたコーヒーを啜った。

「ね、これ見て」

雄一が携帯の画面を紗弥加に差しだした。小さな女の子が映っている。光の加減で見にくくて、受け取って正面に据えて、思わず目を瞠った。

「似てるでしょう」

頷いた。幼い自分がそこにいた。

「娘です。保育園の年長組。来年小学生です。僕は小さい頃のあなたを見ている。覚えてはいなかったんだけど、最近娘が誰かに似ているような気がしていた。あなただったんだ。叔母と姪だものね。おかしくない」

頷いた。叔母と姪──か。

「みづきが、あ、娘の名前です。みづきが最近、いろいろなことを聞くんです。知っている親戚の一人一人の名前を上げて、誰が誰の親かというようなことです。父が死んでから、小さいなりに、係累について思いを巡らせているみたいです。あなたのことは勿論まだ何も知らないけど」

頷いた。

「いつか会ってもらおうかな。今は混乱させるだけだろうけど」

そう言って雄一は屈託なく笑った。それから、椅子の背もたれから体を起こし、背筋を伸ばした。

「さて今日の本題です。父の遺産──財産と言えるほどのものではないけど、狭い土地に小さな家があります。片づけて売りに出しています。あと預金が少し。合わせても大した額にはならないと思うけど、あなたにも相続する権利があります。家が売れた時点で、また改めて具体的な話をしましょう」

紗弥加は驚いて雄一を見つめ直した。

「本当はその話をしに来たのです。私は一応弁護士なので」

自分を指す言葉が、また僕から私に戻っていた。

＊

紗弥加は雄一と別れたあと、その足で僕のマンションに来た。突然自分の上に降ってきた情報に押し潰されそうで一人では耐えられなかったらしい。勿論僕もそのつもりで夕食の用意までして——と言っても、スーパーで買った寿司と惣菜を並べただけだ——待っていた。

紗弥加は入って来るなり、テーブルの上のグラスをとり上げたので、冷蔵庫からビールを出したが、僕を制してシンクの前に移動して、コップ二杯の水道水を一気にあおってから、ふうっと息を吐いた。

それから紗弥加は話し続けた。僕は驚いたり、感心したりの相槌を打ちながら聞いた。

一区切りついたらしいところで、僕は紗弥加のグラスにビールを注ぎ、自分のにも満たした。ずっとお預けだったのだ。

「そのイフクの兄の彼はね、おかんのことを知りたかったみたい」

紗弥加がやっと一口ビールを飲んで、自分の手の中のグラスを見つめながら言った。

「あなたのお母さんのことを教えてくれないかな」

雄一が言った。

まず母親の生年月日、今の夫と結婚するまで紗弥加と二人で住んでいた土地のこと、ずうっと保険の営業で働いていたことを話したら、紗弥加にはもう言うことがなくなった。

「お母さんの生まれ故郷とか、両親とかきょうだい、つまりあなたの母方の親戚のことなんかは？」

雄一はそんな風に訊ねた。

「そう言えば僕も聞いたことない」

「私だって聞かされてないもん」

紗弥加は唇を突き出して僕を睨んだ。

「生まれは福井県の田舎だということは聞いてる。でも、それ以上は知らない。おかんは父親から勘当されてて、親子の縁を切ってるからって何にも教えてくれないし」

紗弥加のお父さんと不倫の関係になって、紗弥加が生まれて、そして勘当された——昔ならそういうこともあっただろう。

「だから、その通りに話した」

紗弥加はグラスを睨みつける。

「お母さんは父と別れても、実家や故郷の親戚と縁を断ったままなんですか？」

雄一はその時少し驚いたようにそう言った。

「お母さんに訊ねたことはないの？　あなたのおじいさんやおばあさんや、親戚のことなんか」

かぶりを振った。ずっと訊いてはいけないことのように思っていた。

そうか、と雄一はしげしげと紗弥加を見つめた。雄一は紗弥加の母親のことを聞くのはそれで諦めたようだった。

「それにしても、福井県ですか」

最後に、雄一は軽いため息をついて言った。

「そんなことばかり考えるのは何だけど、原発の多い所ですね」

そうだった、と思っていた。雄一がそれを気にするのは当然だ。つなげて考えなかったが、自分にとっては、父方の実家が原発事故で被災し、母方の故郷に原発がたくさんある――。

「お母さんのふるさとも福井県なんだ」

僕は少し驚いてそう言った。紗弥加が頷く。

「そうカヤミツルさんと同じ。あの手紙を見た時ね、実は、何か因縁みたいなもの感じた」

「因縁――か」

紗弥加はすごい言葉を使うんだ。

「紗弥加のお母さんの故郷と、僕のおばあちゃんの昔の知り合いの家か」

「昔の恋人」

紗弥加が訂正する。

「それ、ドラマの見過ぎ」

「ね、あの封筒の住所、今は変わってるよね」

冗談には反応してくれない。

「合併したり町名変更したりしてるだろうけど、ネットで調べられると思うよ」

ホント？　紗弥加の目が輝いた。

「行ってみたい？」

突然、自分でも驚くようなことを言ってしまった。紗弥加が大きく頷いた。

「レンタカー借りて。ドライブもたまにはいいかな。北陸だから、雪が降る前に行けるよう、仕事の調整頑張ってみるよ」

うん、と紗弥加が反応した。

「私、おかんに実家の住所を聞いてみる。今だったら教えてくれそうな気がする」

紗弥加の母の生まれ故郷、祖母の昔の恋人の故郷に近づいてみる。辿って行ったらすぐ傍だったりして。いや、まさかそれはないか。

私たちのルーツを辿る旅、と紗弥加が言う。それはちょっと違うと思うけど。

紗弥加は立ち上がって、仏壇の引き出しから茅盈氏の封書を取り出すと、仏壇に供え直して目を瞑って合掌した。無事に氏の元に辿りつけるよう、おばあちゃんにお願いしたのだろうか。

3

待ち合わせの場所は駅の向かい側の公園。桜の葉が赤く色づいている。花の季節は昼も夜もその下に見物人が絶えない名所だけれど、いまは桜もみじ。その言葉は高校の古典の教師に教わった。古典は苦手だったけれど、その言葉は今も好きだ。

敦史からメールで、意外と道路が渋滞している、ちょっと遅れると言ってきた。時間つぶしに桜もみじを見ながら公園をぐるりと半周したら、少し先に、首から画板のようなものをぶら下げた五、六人の男女がかたまっている。キィーンと朝の空気をつんざくような音が響いたのは、肩からハンドマイクをかけたよれよれの帽子の男がマイクのスイッチを入れたのだろう。驚いて振り返りながら通り過ぎて行く通行人もいる。全く気にせずに駅に駆け込んでいくものもいる。何の署名か知らないけど、朝早くからよくやるよなあと思って見ていたら、帽子の男がマイクの調整をしているのをよそに、ブルゾンを羽織った背の高い男が一人小走りに近寄ってきた。顎髭を少し伸ばして、髪もポニーテールのように後ろで縛っている。

「原発を日本からなくしてほしいという署名ですが、お願いできませんか」

二歩前で速度を緩めて、ボールペンを差し出しながら近づいた。

原発――。その言葉に条件反射のように右手を差し出した。街頭での署名なんてこれまでやったことなんかないのに。

「せっかく日本中の原発が止まっていて、まさかあんな事故のあとでと思っていたのに、とうとう再稼働されてしまいました。福井県の人々の不安を思うとやり切れないですよね」

紗弥加が書き入れている間中、署名板を支えていた男が、名前を書き終えた紗弥加からボールペンを受取りながらそう言った。

「福井県は原発がたくさんあるんですよね」

「そうです、そうです」

男は大きく何度も頷いた。

「仮に事故が起こらなくったって、処分の仕様のない核のゴミはたまる一方で、後世の人にすごい負の遺産を残すことになるんですよ。放射能の影響がなくなるまでに百万年かかるそうです。高々ここ四、五十年の便利な生活のために、僕たちはひどいことを後々の人々に押し付けているんです。こんなことは本当に早くやめさせなければ」

勢いよく、そう言ってから、男は少し照れて笑った。笑うと八重歯が見えて可愛い表情になった。意外と若いんだ。

「これからお出かけですか」

こっくりと頷いた。

「福井県へ」

え、と男は大仰に驚く。

「原発見に行く訳じゃないんですけど」

その時目の前の道路に青い車がすっと停まった。運転席に敦史の姿があった。

＊

茅盈から篠崎ミネに宛てた手紙の、差出人の古い地名を頼りにネットで見当をつけた現在の住所をナビに入れて、高速を降りてからは、その指示のままに車を走らせた。

紗弥加はパソコンから印刷した古い地図と現在の地図を何度も重ねて見ている。

「町の名前は勿論だけど、道も違うし、地形まで違うみたいに見えてくる」

「山を削ったりとか、川の流れを変えるとか、そんなことだってやったのかもしれないよ」

　そうだねと、紗弥加は素直に頷いた。

　この辺りと思しき地点は小さな集落で、それでもコンビニやガソリンスタンドなどがあった。店に入って店員や客に訊ねるのは勿論、道を歩いていたり、家の前で立ち話をしているおばさんたちにも片っ端から聞いたが要領を得ない。昔の住所や地図を示して訊いても誰もが首を傾げる。役場に行ってみたら、と言いながら、あ、今日は土曜日かと苦笑する人もいた。

「そういう古い地名だったらやっぱり年寄に訊いた方がいいんじゃない」

　スーパーの前で焼きそばを売っていた、自分達よりは少し年上かと思う男性から、焼きそばを二皿買って、ついでに訊ねてみたらそう言った。

　スーパーの駐車場に停めた車の中で焼きそばとペットボトルのお茶で昼食を取った。店でゆっくり食べるのは、今は時間がもったいないという紗弥加の提案だ。

「やっぱり難しいかな。ちょっと資料が少なすぎる」

　敦史がそう言っても、紗弥加は諦めない。

　そんなに真面目に調べなかったなとちょっと紗弥加に対して気が引けていた。どこかでどうせ無理だと思っていたから、いつか、茅盈を捜すのはきっかけで紗弥加とのドライブに重点が移っていたようだ。でも紗弥加は全然そうではなかった。

「もうちょっと足を延ばしてみようよ。もうちょっと田舎の方へ」

紗弥加はそう言うと、食べ終えた容器や箸を手早く片づけて、さあ出発、とでも言いたげに、シートベルトを締めて、顎を上げて前方を見据えた。

また車を走らせた。

遠くに杉の林が続いている。信号も少ないし、対向車もほとんど来ない気持ちのいい道を走った。両側にコスモスが揺れている。市街地を外れると、今度はなかなか人に会わない。やっと畑から昼食に家に帰る途中という老人を見つけたが、やっぱり首を傾げた。古い地名に覚えはあるようだったが、それがどの辺りかと訊くと途端に返事が曖昧になった。

そのままもう少し走った。

「ねえ、あれ」

紗弥加が突然声を上げて左手を指差す。

「お寺、お墓もある」

車を道端に停めた。丘の中腹に瓦屋根の反り返った建物が見える。確かにお寺だ。その周囲に墓石らしきものが並んでいるのもわかった。

「お寺で聞いてみよう。何かわかりそうな気がしない？」

寺に向かった。道路から見た時は近そうだったのに、まっすぐそこに至る道が見つからなくて、ぐるぐる同じような所を回っているようだった。道端のコスモスは薄や野の花に変わり、赤や黄色に色づいた木々が前方に迫ってくる。ゆっくり走るなら趣のある道なんだがと思っている内に辿り着いた。思ったより立派な寺だ。山門もある。

「拝観料いらないよね」

「まさか」

冗談を言いながら、山門をくぐり、本堂の前へ出たが、さて、どこで案内を請えばいいのかと戸惑う。寺務所かと思われる建物も脇にあったが、誰もいない。

「これだけ大きいんだから、無人という訳ではないと思うけど」

どうしようと思いながら本堂の前の階段に腰を下ろした。紗弥加がお墓を見てくると言って離れて行った。青い空を眺めながら回廊の板の間にごろりと横になった。そのまま眠ってしまったらしい。紗弥加と誰かの話し声で目が覚めて、慌てて体を起こした。紗弥加と袈裟姿の僧侶が見つめている。

「あ、すみません、こんにちは」

「和尚様、今帰ってらっしゃったの。法事があったんですすって」

紗弥加が舌を噛みそうなよそ行きの言葉で喋っている。

「茅盈さんをお訪ねとか」

僧侶がにこやかに言った。

「ご存じですか」

僧侶が頷いた。

＊

教えられた隣の集落はほとんど山の中だった。うねうねと曲がってばかりの道をゆっくりと走り上ると、丘の中腹に十数件の家々が建っている。その一番奥の家——と教えられた。

「ご立派な方です」

さっきの寺の住職はそう言った。

「ご夫婦とも、ひとのために尽くすことを厭わない心優しい方です。世の中に対してもきっぱりとした意見を持って生きておられる」

その言葉に、いくらかの驚きと新たな興味と、同時に一抹の不安も湧いた。

一番奥の家の少し手前で車を停めた。庭先の柿の木によく色づいた柿の実が鈴なりになっている。

「ここから見る海もいいねえ」

紗弥加が頭をめぐらして声を上げる。山の高い位置から遠くに海が眺められた。色づいた木々や常緑樹が額縁のように縁どる向こうに、空と海との区別もできないほどに全体が淡く霞んでいる。心を穏やかにしてくれそうな景観だが、敦史は景色に見とれている余裕はなかった。

——紗弥加はどうしてこんなにのんきなんだ。

茅盈氏の家がわかった。氏も健在であるだけでなく、誠実に強く生きているらしいことがわかった。だが、茅氏に会って一体何を話せばいいのか。本当のところ、辿り着けるなんて思っていなかったのだとつくづく思う。話の順序も何も考えてない。当たって砕けろか。しかし、一体どういう風に自分たちを紹介すればいいのだ。そもそもカヤミツルは、おばあちゃんを覚えているだろうか。

逡巡しながら茅家の庭先を見つめていたから、突然後ろから声をかけられて、跳び上がるくらいに驚いた。

「何か、ご用でしょうか」

半白の髪をひっつめに結った、亡くなる前の祖母くらいの年齢の小柄な女性が立っていた。いくらか曲がった背を伸ばし、細い目を精一杯見開くようにして問いかける。

「茅盈さんのお宅ですね」

老女は敦史を見つめて頷いた。怪訝そうな表情の小さな瞳が強い光を放っている。

「盈に何か――」

口ごもる敦史より早く紗弥加が訊ねた。

「茅盈さんを訪ねてA県からきました。盈さんはいらっしゃいますか」

老女は怪訝そうに敦史と紗弥加を交互に見つめる。

「盈さんというのは、昔満洲にいらっしゃったことのある盈さんですよね」

老女の表情に臆することなく紗弥加は更に問いかける。老女が用心深そうにではあるが、かすかに頷いた。その前で、紗弥加が、うん、よし、とでも言うように大きく頷く。

「すみません、あの、僕、篠崎敦史と言います。実は、その、僕の祖母は篠崎ミネというんですが――」

敦史は紗弥加を制して前に出た。やはり紗弥加に任せておく訳にもいかないと口を開いたが、祖母の名をここで告げても仕方がないかと思ったらあとが続かなくなった。

だが、老女の方が反応した。

「篠崎ミネさんのお孫さん？」

今度は敦史が目を瞠る番だった。

「そうですが、祖母をご存じですか」

老女は細い目を精一杯見開いて驚きの表情を作ったあと、ゆっくりと頷くと穏やかに笑って、どうぞと二人を導いた。

＊

玄関で少し待たされたあと、案内されたのは縁側のある明るい和室だった。硝子の掃出し窓をいっぱいに開け放ってあった。

厚手のカーディガンを羽織った老人がいかにも年代物と言った感じの長火鉢――火は

入っていないようだった――の前に端然と座っていた。

「さあ、どうぞ」

老女が老人に向かい合うように座布団を二つ並べて、自分は少し脇に座った。

「茅です」

老人が軽く頭を下げた。

「ミネさんのお孫さんが、わざわざ訪ねてくださったとは」

「篠崎敦史です。こっちは――」

「野間紗弥加です」

紗弥加が自分ではっきりと名乗る。

老人は背筋が伸びていた。肩幅が広く、座っているからよくはわからないが、上背もありそうだった。白い顎鬚を伸ばし、鬢と後ろの部分を残して禿げ上がった頭も顔も色艶が良かった。

「ミネさんはご健在ですか」

敦史の肩に力が入る。小さく息を一つ吐いて、亡くなりました、と告げた。

盈の目が、瞬間大きく見開かれた。

「そうですか。いつ――」

「去年の三月十一日です」

敦史より早く紗弥加が答えた。紗弥加も緊張しているらしく声が上ずっている。

え？　と声を上げたのは脇に控えていた老女だった。震災で？

「いえ、違います。祖母はS県にいました。津波にもあっていないし、原発にも関係ありません。偶然その日だったというか――」

老女と盈は、ほっと息を吐くようにして、黙って頷いた。

「老衰というのか、少しずつ体が弱っていて、最後は肺炎が命取りになりました」

「そうですか。それはご愁傷さまでした。まことに残念なことですが、私らの年になれば、それは仕方のないことです」

そう言って盈は深々と頭を下げてから、

「紹介が遅れました。これは私の家内で千佳と言います。ミネさんともよく気が合っていた」

改めて老女に視線を向けた。老女は軽く頭を下げると、お茶を淹れてきます、と下がって行った。

「去年の三月十一日とは、しかしまた――」

ほんのわずかの沈黙のあとに、盈が静かな声を出した。火箸を取って、火も入っていない火鉢の灰を二、三度静かにつつく。

「お知り合いで震災にあった人とか、原発で避難している人とかおられますか」

「私の父の実家があちらで、放射能でお墓参りができません」

紗弥加が声を出した。思わず紗弥加を見た。

「墓が――。そうですか、墓参りができんのは辛いですのう」

盈が紗弥加を見つめる。紗弥加はちょっと面映ゆそうだ。それはそうだろう。

「原発はむごいものです」

盈は縁側の向こうの遠い空に目をやって呟くように言った。

「この近くにも原発があります。四十年も前から、賛成と反対、地域を二分しての大議論の末建設されました」

「反対する人もあったんですか」

紗弥加が声を出す。

「当然です。安全神話というけれど、そんなに単純に安全だと思っていた訳ではない。大体、原発は過疎の地域に造ります。そのこと一つとってみたってわかる。そういうことを過疎の地域の人間は敏感に感じています。けれども、その、都会の繁栄に対する劣等感というか負い目を逆手に取って金で魂を抜きにかかる。絶対安全とは思ってなくても、絶対危険とも言えん訳で、片方で金は確実な繁栄を約束しますからのう」

盈は淡々と喋っていた。敦史は何も言えずにその口元を見つめていた。

「反対しなかった人は魂を抜かれちゃったんですか」

紗弥加だ。まったく、なんてわかりやすい奴なんだ。盈は紗弥加に微笑んだ。

「私も弁の立つ奴らの口車に乗って満洲くんだりまで行って、ひどい目に遭って命からがら逃げ帰ってきた。やっと十七歳だったが、やっぱり魂を抜かれていたのかもしれない」

「騙されて満洲に行ったんですか」

紗弥加が声を上げた。

盈は穏やかに微笑んだ。

「そう――。だが、まずは、ミネさんのために線香を焚かせていただきましょう」

盈は火鉢の縁に手をついてゆっくりと立ち上がった。

「どうぞ、一緒に」

紗弥加と顔を見合わせてからあとに続いた。縁側に出て突き当りの部屋に導かれた。思わず息を呑むくらい立派な仏壇があった。置かれているというより、壁一面が仏壇なのだ。

「震災以来、宗派なぞ気にせずに、亡くなった人のためにここで線香を焚いています。仏様もそんな細かいことにはこだわらない」

そう言って盈は仏壇の正面に座ると、蝋燭に火を点け、線香を立てて、小さな声で経を唱え、鈴《りん》を鳴らした。高い澄んだ音が響き渡る。紗弥加が殊勝に手を合わせているので、一緒に合掌して頭を垂れた。

＊

元の部屋に戻ると、長火鉢に蓋がされて、コーヒーカップが並べられていた。

「若い人にはお茶よりこの方がいいかと思って」

千佳が笑顔でそう言う。

「私らも良く飲むんですよ。最近は薄めにしているので、お口に合うかどうか」

いただきます、と遠慮なく手を出した。少し薄いけれど、ゆっくりと体にしみていく。

喉が渇いていたことに初めて気づいた。

盈はコーヒーにたっぷりのミルクと砂糖を入れ、スプーンで丁寧にかきまぜて、目を細めて飲んでいる。その様子を千佳が微笑んで見ていた。

「ミネさんから、満洲のことはどんな風に聞いていましたか」

カップを置いて、盈が訊ねた。

「引き揚げの苦労話をしてくれました。ひどいことがいっぱいあった。食べるものがなかったとか、多くの人が死んだとか」

盈が頷いた。

「でも、だからすぐ戦争は二度としてはいけないという話になって、結局あまり詳しい話は聞いていません」

「思い出すのが辛かったのかもしれん。何と言ってもご両親を亡くしている」

そうだ、ひいおじいちゃんとひいおばあちゃんは満洲で死んだと確かに聞いたことがある。だが、そのことの意味もあまりよくわかっていなかった。

盈は瞑目するようにうなだれた。

「辛くても、本当はあなたたちのような若い人にしっかり伝えなければいかんのだが」

「祖母の両親をご存じなのですね」

盈は一瞬ぎろりと敦史を睨み、それから視線を外した。

「遺体の処理を手伝いました。と言っても、きちんと穴を掘って埋めるとか、火葬にするとかそんなことはできなかった。わずかにあるものでご遺体を覆っただけです。処理と言えるほどのものではない。そんなことをやっても――。ただ、半狂乱のミネさんを見ていられなかった」

「どうして、みんな、満洲なんかに行ったんですか」

紗弥加が盈に問いかける。

「満洲への移民――満洲開拓は国策でした。ちょうど原発推進がそうであったように」

紗弥加の目が光った。

「多くの開拓団がつくられ満洲に渡った。狭い日本と違って満洲には広大な土地があり、大地主になれる、豊かな生活ができると言われた」

だが、行ってみればそこはよその国、よその人々の土地で、元々住んでいた人々を銃で蹴散らすようにして開墾した。

二十代、三十代の男は大方召集されて開拓の男手が足りない、ソ連に対する防備もいる。そこで満蒙開拓青少年義勇軍がつくられた。多くは貧しい農村から十代の少年が忠君愛国の意気に燃えて志願し、武装し——中国の人々に銃を向けた。盈もその一人だった。

「お国のためだと信じていました。一途に」

盈は言葉を切り、ほんの暫く唇を引き結んでから、再び口を開いた。

「でも、それが侵略ということなのでしょう」

シンリャク——侵略。敦史は思わず紗弥加と顔を見合わせた。盈は話を続けた。

そして、ソ連の参戦——義勇軍や開拓団が遣られたのはソ連との国境に近い所で、開拓団の男は終戦間際に根こそぎ召集されていたから、ソ連が攻めて来た時は女子どもばかりだった。逃避行で、多くの人が命を落とした。ミネも両親を亡くし絶望の中にあった。そのミネを支えることで、盈も生きのびることができたのだと思う。

日本に着いた時、盈には帰る家と家族があった。ミネは世話をしてくれる役所の人の指示で親戚を頼ることになった。落ち着き先が決まったら必ず手紙をくれるようにと住所を書いて渡したが、ミネからは何の便りもなかった。何年かして、満洲開拓の話を聞きたいという社会科の教師だという人の訪問を受け、その人にミネの話をしたら、捜してみようと言ってくれた。半年ほどして連絡が来た。ミネはすでに結婚していた。

盈はそこで言葉を切った。敦史は声が出せなかった。紗弥加も同じらしい。

「ちょっとひんやりしてきましたね」

千佳が立って、縁側の向こうの掃出し窓の硝子戸を閉めた。

「ごちそうさまでした。それで、あの――」

紗弥加が空になったカップを、戻ってきた千佳の前に押しやりながら声を出した。

「さっき、奥様と、アツシの――この人のおばあちゃんが気が合っていたとか言われましたけど、二人は知り合いだったんですか？　それは、どうして――」

「ミネさんはここへおいでたことがあるんですよ」

千佳が紗弥加に微笑みかけながら言った。

「私はこの人の幼馴染で、この人が日本に帰ってからミネさんの話をずっと聞いていて、見つかることを祈っていたんですよ。その頃は自分と結婚することになるとは考えてなくて、小説の結末のハッピーエンドを願うように、気にしていたんです」

朗らかに笑った。細い目がいっそう細くなって、皺の中に埋もれるほどなのに、どこか愛らしかった。

「この人はミネさんと年賀状のやりとりをしていました。私と結婚してからは連名で出すようになりました。ミネさんのご主人が亡くなったあと、私がお悔やみの手紙を差し上げたらお返事が来て、それから私はミネさんと文通するようになりました。そうしてある時、会いましょうということになって、一人だから自分が動く方が簡単とミネさんが言われて、こちらまでおいでたんです。まだ五十代の元気な頃です。いろいろ遅くまで話をしました。ミネさんは気丈で、それでいて優しい方でしたねえ」

千佳は遠くを見るような目つきをした。

「あの震災の年より二、三年前に最後の年賀状が届いて、もうこれで賀状の交換をやめようと書いてありました。体力に自信がなくなって、忙しい息子や孫とは会うことも少ないし、一人暮らしも限界で、ホームにでも入ろうかと思うと。その前に身辺をきれいにしたいと書いてありました」

胸の中をひやりと冷たいものが流れた。おばあちゃんはやっぱり寂しかったんだ。

そしてやっとわかった。あの巻紙の手紙の差出人の名を読んだ時、どこかで見たような気がしたのだが、祖母の所にあった年賀状だったのだ。年賀状の束は——束といっても大した厚みはなかったけれど——父が処分した。その人たちに祖母の死を知らせなくていいのかと母が言ったけれど、みんな古いものだ、もういいだろうと父は応えた。

＊

茅家を辞して車が動き出しても、敦史も紗弥加も暫くは口をきかなかった。

「ね、私、思ったんだけど」

舗装はしてあるけれど、対向車が来たら怖いと思うような細い道を抜け、茅家を教えてもらった寺が見えたあの道路に続くと思われる辺りに出て、また両側にコスモスの揺れるのが見え始めた時、長い沈黙のあとに紗弥加が切り出した。

「アッシのおばあちゃんが仏壇やお墓を気にしていたのは、おじいちゃんの供養だけじゃなくて、お父さんやお母さんのこともあったんじゃない。満洲で死んだ――」

「うん、多分」

「位牌も何もないけど――そうだ、帰ったら、ひいおじいちゃんとひいおばあちゃんの位牌作って仏壇に置こうよ」

「作るの？」

「この間、雄一さんがね」

紗弥加は異腹の兄をどう呼んでいいかと困っていたけれど、最近やっと名前で言えるようになっている。

「避難している被災者で、紙の位牌を作って仏壇代わりの箱に入れて拝んでいる人の話をしてくれた。位牌は、それを拝みながら、忘れずに一緒に生きて行きます、って言うためのものなんじゃないかな」

なるほど。

「でさ、もし、アッシのおばあちゃんが盈さんと結婚していたら、アッシはもうちょっと違う人間だったんだよね」

次に紗弥加が口にしたのは、そんな言葉だった。

「何だよ、それ。おばあちゃんがあの人と結婚していたら、僕はこの世に生まれてなかったんだよ」

こういう話だと気楽に返事ができる。

「違うよ、だっておばあちゃんはいて、お父さんを産んだんだもの。でも、お父さんもちょっと違って、それでアッシもちょっと違うアッシ——そしたら、私を選ばなかったかな」

「ちょっとした偶然で、今の通りじゃない人間だったかもしれないなんて、そんなことを言ったら、みんなそうだろ」

「うん、そうだけど、でも、何だか不思議な感じがするの」

「変な奴――」

「だって、少なくとも、自分一人で人間は生まれて来た訳じゃないから」

紗弥加は暫く窓の外を見つめてから、

「何かここんとこいろいろ考える。私にも、私につながる人――親戚？　親族っていうのかな、そんなの考えたこともなかったけど――がいて、それにまたつながる人がいて」

やっぱり思いは同じところに行くようだ。紗弥加は一言一言考えるように、ゆっくり言葉を繰り出している。

――雄一の娘のみづきが自分とそっくりだった。叔母と姪だものと雄一が言った。そんな風に人は意識するとしないとに関わらずつながっている。小さなみづきが一生懸命親族の関係を考えている。本来人はそういうものなのだろう。そんな風に命はつながって行く――。

道は少しずつ開けてきて、小さな集落を過ぎると、遠くに海が見え隠れするようになった。

今から紗弥加の母親の実家の近くへ行く。絶対に顔は出さないでくれとおかんに言われたそうだからそれは守らねばならない。どんな所なのか、とりあえずそれだけわかればいいと紗弥加は言う。でもきっと、それらの人達とも、もう無関係とは言えない気もしているのだろう。

突然海の傍に出た。海岸沿いの道路を走る。波が寄せて白っぽい海岸線から、水がその色を少しずつ濃くしながら水平線の彼方まで続いている。

展望用だろうか、海側に張り出すようにつくられているスペースがあった。ちょっと休憩しようと車を停めて海を眺めた。

海との間には小さな砂浜があり、波が幾重にも寄せている。沖の水の色は緑を帯びて青い。空との境には帯状の白い雲の峰、そこからところどころに掃いたような薄い雲が中空に向かって伸びて、顔を上げて天の一番高いところを見れば、そこは透明感のある濃い青色が広がっている。

柵に寄りかかって海を見つめていた紗弥加が、両手をいっぱいに上げ、うーん、と大きな声まで出して伸びをした。

「海ってこんなに広くて優しいんだね。穏やかというか、心が広くなるような気がする。

生きてるなあって感じ」

「だけど、優しいかどうかはお天気次第だよ」

ちょっと意地悪を言ってみた。

「そうだね、ここだって、地震も起きるし、津波が襲うこともあるんだよね」

紗弥加が素直に頷いた。

携帯メールの着信音。画面に表示された差出人を見て思わず、ん？　と声を出した。

「どうしたの」

「いや、母さんからだけど、珍しいな」

画面を開くと、お久しぶり、と始まって、S君とボランティアで被災地に来ていますとある。S君というのは今の連れ合いだ。高校の同級生だったと聞いている。震災から一年半も経つ今なぜ？　と思ったら、見透かしたように、まだまだ必要なんだよと続いていた。S君の息子がずっと被災地で活動している。ボランティアのまとめ役もしている。彼を見ていたらあなたと一度きちんと話したくなった。面倒くさくなってやめにしないように、気持ちを伝えておこうと思って。帰ったらまた連絡する、とあった。

「何だって」

紗弥加が覗き込むから、手渡して見せてやった。

「面倒くさくなってやめにしないように、というのがいかにもあの人らしいよ」

紗弥加は、ほんの少し笑ったけど、

「きっと被災地に行って思うことがいろいろあったんだよ」

真面目に返して、

「私も、被災地の話聞きたい。原発のことも聞いてみたい。アツシのお母さんにも会いたい」

呟いてから、僕に向き直った。

「おばあちゃんの仏壇であの手紙を見つけてから、いろいろあったね」

しみじみと言う。

「私にもおかんだけじゃなくて、お父さんもいたし、おじいちゃんもおばあちゃんもいた。アツシもひいおじいちゃんとひいおばあちゃんのこと少しわかったし、満洲のことも少しだけどわかった」

それから、身震いするように肩をすくめた。

「国策――というものが、人を追いつめることがあることもわかった」

黙り込む。

「でも、みんないろんな中で一生懸命生きていたんだなあと思うよ。それで、いまの僕らにつながっている」

「うん、そうだね」

紗弥加はまた眩しそうに海に視線を移した。白い波がキラキラと輝いたような気がした。

「紗弥加」

車に乗りこんでから、助手席に座った紗弥加に前を見たまま呼びかけた。

「ん？」

紗弥加がこっちを見た。

「結婚しようか」

ほんの暫くの沈黙。それから、

「本気？」

おずおずと紗弥加が訊く。

「うん、本気」

ハンドルを握りエンジンをかけて、ちらりと紗弥加を見る。見開いた目でまっすぐこちらを見つめている。頬が少し紅い。

「帰ってから、紗弥加のおかんに会いに行こう」

紗弥加はひっそりと黙ってしまった。

車を出した。

海沿いの整備された道路を快適に走る。紗弥加がおかんから聞いてきた住所を入れたナビによるともうすぐらしいと思った時、不意に眼前に大きな建物が現れた。

「あれ、何だろう」

車を停止させた。湾の向こうにある、白亜の殿堂。

外に出た。二人並んで白い建物を見つめる。

「あれは――」

「原発？」

同時に声に出した。

その時、びび、とも、じじ、とも聞こえる耳障りな音がした。ポケットから携帯を取り出すと、不快な音が大きくなった。同時に、紗弥加のバッグの中で、機械音が叫びだす。

――ジシンデス。ジシンデス――

携帯電話の緊急地震速報。

携帯を握り締めて、紗弥加と顔を見合わせた。その時、地面がゆっくりと揺れ始めた。車のボディーにぶつかるようにすがりついて姿勢を保ち、紗弥加の肩を抱く。

「海が揺れる、海が」

紗弥加が小さく叫んだ。

いや、海はまだ穏やかに見える。大丈夫、海は揺れてない。怖がる紗弥加を宥めながら、敦史は唇を引き結んで湾の向こうの建物を見据えていた。

口三味線

嫁いだのは昭和十三年の春。高島田、黒振袖の花嫁姿で、両親と姉妹たちと一緒に国鉄でN町に着いた。駅に先方からの迎えがあったが、ハイヤーが用意されている訳でもなく砂利道を行列をつくって歩いた。あるいはそれが土地の人々へのお披露目であったのかもしれない。

砂埃で薄汚れてきた白足袋を気にしながら、伏目で両脇を見ても、故郷の村ならこの時季どこにもあった田圃一面の蓮華はなかった。昨日までの日々を暮らした村と比べれば、ここは都会ではないが、町。ついと顔を上げてみると、前方に家並みの瓦屋根が重なって光っている。あの家々の立て込んだ中に、私は嫁ぐ。

用意された座敷の、床の間を背に並んだ人物を横目で盗み見た。顎のしゃくれた小さい男だと思った。役者のような好い男を期待した訳ではないが気落ちした。

縁談は突然だった。姉の鈴が先年嫁ぎ、親にしてみれば次は二女の多美の番であった。何しろ十一人姉弟は、末っ子の長男を除いて女が十人、年頃になったらどんどん片付けねばならないと父の勇は思っているようだった。だが、勿論、あくまで順番に。

ところがすぐ下の妹の操を欲しいと言ってきた人がいた。操もその人を憎からず思っているようなのだった。

「いかん、多美が先だ」

その話を頼まれて取り次いだ人に、勇は頑として言い放ったと多美は操から聞いた。

「やっぱり筋金入りの頑固者だ」

操は口惜しそうだった。

そういう訳で、縁談が降って湧いたのだと多美は思っている。采配を振るったのは祖母の小梅だった。祖父は早くに死んで小梅は一家の頂点にいた。そうは言っても、普段は三味線を弾いたり花札で遊んだりの気儘な隠居暮らしだったが、今回は中心になった。というのも、嫁ぎ先は小梅の実家で、当主である小梅の弟市太郎の末子、滋二との縁談であったのだから。

滋二は三人姉弟だった。長女は滋二より十年も上だろうか、名をきゑと言った。小柄だったが化粧や着物の着方が素人離れしていると思ったら芸者をしていたという。住む世界の違うようなその職業に驚きながら、田舎の老婆には珍しく三味線などを弾いていた小梅ももしかするとそうだったのかもしれないとふと思った。今は落籍《ひか》されて県庁のある街の呉服問屋の旦那の世話になっている、きゑは歯切れの良い口調でそんな風に自分を紹介した。

長男の一雄は静かな笑顔を見せていた。妻の嘉子も穏やかに笑っていた。二人には子どもがなかった。一雄は背が高くて、こちらはきりりと好い男だった。

婚家は不思議な家だった。多美の生家は野菜から乾物、小間物まで売っている所謂万屋で、父の勇と母の小菊が二人で働き、子どもたちも年齢に応じて店を手伝った。

だが、婚家には常に多くの男たち——時には女もいたが——が出入りした。浪曲師や薬売り、笛や太鼓を携えた連中、曲芸師のような雰囲気の者などがいた。縁日で露店を出す者もいた。何の仕事をしているのかわからない男たちも大勢いた。

けれども一雄はそれらと無関係の勤め人で毎朝弁当を持って家を出て行った。滋二の方は、多美から見れば何をするという風でもないのに客人たちの間に交じって忙しそうにしていた。客のいない時は尺八を吹いたり三味線を鳴らしたりした。そんな滋二を見ながら姑の志乃が時々ふっとため息をつくのを多美は何度も見た。

婚礼が済んで数ヵ月が過ぎた秋の初めのある日、裏庭で洗濯をしていると、中折れ帽をかぶった滋二がトランクを提げて裏口から出てきた。

「姉さんのところへ行ってくる」

水を張った盥の前にしゃがんでいた多美は驚いて立ち上がったが、言葉が出ないまま傍にいた志乃を振り返った。志乃は黙って滋二を見ていた。

「姉さんって、おきゑさんのところですか。何しに？」

大層なトランクを提げている格好を怪訝に思いながらそう言うと、滋二はしゃくれた顎を少し上に向けて、

「何、ちょっとの間だ」

返事にならない返事をして、志乃と多美を交互に見つめてからくるりと踵を返した。

多美は暫く呆然と滋二の姿が消えた裏口を見ていた。顔を上げると、家の屋根でいびつ

に切り取られた青い空が見えた。

「多美ちゃん」

志乃が背中に声をかけた。

「ほら、洗濯やってしまうよ」

志乃のいつも通りの様子に、慌てて盥に向き直った。

「あの子は妙にきゑと相性がいいんだよ」

志乃は盥から出した洗濯物の片方を多美に示しながら言った。一人では絞り切れない浴衣などの大物は二人で端を持って反対方向に捩って絞り上げる。いつものことだ。

「きゑも、一雄は煙たそうだけど滋二は可愛がって、おかげであの通りの遊び人」

ふっと息を吐くように言う。

力を入れて絞った後、広げてパンパンと音を立てて叩いて皺を取ってから、物干し竿に通した。

「それでねえ、多美ちゃん」

盥を傾けて水を流している多美に志乃が声をかけた。

「ちょっと話があるの。それ片付けたら部屋に来て。よっちゃんも一緒に」

そう言って中へ入った。

嘉子に志乃の言葉を告げると、承知していたように、三人分の茶を淹れて、先に立って普段は市太郎の居間になっている北側の座敷の襖を開けた。市太郎は婚礼の時もすでにそんな風だったが、具合が悪いらしく、今日も奥の部屋で横になっている。

火の入っていない長火鉢の向こうに座った志乃は、前におかれた湯呑に手を伸ばしかけたが、そのままちょっとの間見つめただけで、顔を上げて背筋を伸ばした。

「多美ちゃん、実はね」

志乃はゆっくり口を開いた。

「この子たち――一雄とよっちゃんが、東京に行くことになったの」

「東京」

思いもかけぬ言葉だった。

「仕事ですか」

一雄は電気工事関係の仕事をしていると聞いていた。腕の良い技術屋で、何やらの資格もあるのだとも。

「詳しい話は省くけど、一雄の親方筋の人が今度東京で一旗揚げることになって、一緒に来ないかと言われたんだそうな」

「恩のある人でね」

嘉子が志乃の話を引き取った。

「断りにくいと言うだけでなく、あの人も行きたいような気持ちを持ってる」

「一雄はこの家から出たいのかもしれない。私はそれもいいと思ってる」

そこまで言って、志乃はやっと湯呑を取り上げた。少し顔を反らして茶を啜る。上を向いた志乃の喉がごくりと鳴って動くのを多美はぼんやりと見つめていた。

行くとなれば、それは三ヵ月先に迫っていると嘉子が説明した。実は、そのことをきっかけに、ここのところ一雄夫婦と市太郎、志乃があれこれを話し合った。この家のこと、滋二のこと――も。

「この子たちは行くことに決めた。いつか帰るのかどうかもわからないんだけど」

志乃は顎で嘉子を指すように見て、それから多美を見据えて言った。

「それでねえ、思い切ってあんたたちも一緒に東京に行ったらどうかと思ってさ」

え、と多美は目を見開いた。一雄夫婦が東京へ行ってしまう、だからあんたたちがしっかりこの家を――と言うならわかる。周囲に甘えているような、どこやら頼りない感じの滋二や、この家のことがまだ何もわかっていない多美にその気持ちや力があるかどうかは別にして、志乃の立場ならそういうところだろう。

暫く黙って志乃を見つめてから、

「タカマチのことは誰か継がなくていいんですか」

市太郎がやっているような大勢の人の世話、祭や縁日などの采配、露天商などが店を並べるそういう世界を高市《たかまち》ということをこの家に来て知った。ヤクザと同じとは思わないが、似たところもあるような気がする。まだその仕組みは良くわからないが、市太郎のやっている仕事はいずれ一雄か滋二が継ぐのだと思っていた。

そう、と志乃は心もち首を傾げた。

「誰かに任せなくてはいけないけどね。別に子どもが継ぐとかそういうものでもないのよ。でも、高市のことはあんたは気にしなくてもいい」

最後のところはきっぱりと言った。

「戦争がだんだんひどくなってるから」

半ば呟くように嘉子が口を添えた。多美は驚いて嘉子を見つめた。

支那事変が始まって、日本はどんどん支那に攻め込んでいる。多美の婚礼の何ヵ月か前についに南京が陥落した。勇のはしゃぎようはとび抜けていたが、小菊も小梅もこれで戦争が終わると、お祭りの時のような御馳走を並べて戦果を祝った。

だが、終わると思った戦争は一向にその気配がない。日本は「支那」の奥地にどんどん兵を進めている。

「戦争と何か関係があるんですか」

「だって、芸人さん達だって戦争にとられるかもしれないし、祭や縁日なんかもだんだん派手にはできなくなるよ」

志乃が答えた。

多美は父親の勇を思った。勇は満洲事変この方、「満洲」や「支那」での関東軍や支那方面軍などの動きに強い関心を持っていた。

勇を婿養子にと強くその話を進めたのは今は亡い多美の祖父だったとか。軍隊の演習が行われる時、いくらか広い屋敷を構えていた小菊の家は兵隊宿としての提供を求められた。兵隊として家に寝泊まりした勇は、演習から帰ると時間の許す限り薪割りや風呂の水汲みなどの力仕事を自分から申し出た。挙動も折目正しくそうした実直なところが祖父の気に入り、娘の婿にということになったらしい。

生家は水呑み百姓だったとよく話していた勇は、食うために軍隊に入り軍人になったのだった。訓練に明け暮れる毎日だったが、貧乏人でも天子様のために働けて生活も成り立つ軍隊が気に入って、一生軍人でいようと考えていたという。結局婿養子に入ったが、考え方は変わらず、国を守るため、天子様の御威光を世界にあまねく広げるため、軍隊は大事だといつも言っていた。

婚礼が済んだ後に、滋二が丙種合格だと知った時の勇の落胆ぶりはおかしいくらいだった。

「この子たちの住む家は親方が手配してくれるらしい。子どももいないことだし、最初はその片隅に住まわせてもらって――」

志乃が話していた。多美は慌てて思いを振り払って姿勢を正した。

「でも、なぜ」

「あの子は――滋二は、一雄のようにきちんとした勤めもないし、だらしのないようなところもあるけどいい子なんだと、親の欲目かもしれないけど、私はそう思ってる。でもねえ、いつまでも、面白おかしく暮らしていられる時代ではなくなりそうだからねえ。ここにいては頭の切り替えもできないだろう。高市からもきゑからも離れて、東京で働き口を見つけて頑張るのが一番いいのではということになったのさ。一雄も滋二のことを心配しているし、滋二も一雄のいうことは聞く」

それが滋二と多美を抜きに、後の四人で話し合った結論なのだ。

「あの人は知ってるんですか」

志乃は大きく頷いた。

「それで、滋二さんはおきゑ義姉さんのところに行ったの」

嘉子が言い添える。空の湯呑を弄んでいた志乃が続けた。

「まあ、当分会えないというか、東京に行ったら遊んではいられないからさ、最後にちょっと好きなことをやっておこうと思ったんだよ、大目に見てやって」

「好きなこと――」

「きゑは旦那に世話になってるけど、三味線のお師匠さんもやってる。滋二はその手伝いもできるし、尺八もうまいから」

「向こうに行くと、結構引っ張りだこなんだって」

嘉子が笑って多美に頷いて見せる。

「ま、半月もすれば帰って来るよ」
志乃はさばさばと言った。

東京に行って、滋二が得た仕事は、サイドカーを使って依頼のあった品物を運ぶ、いわば簡便な運送業であった。映画のフィルムを配給会社から映画館へ運んだり、会社から会社へ、業者から客へと様々な品物を運んだ。勿論雇い主のものだが、サイドカーに乗って出かけて行く滋二は颯爽としていた。その気になれば、人当たりもよく口も達者、器用でちょっとした機械の修理なども見よう見まねでこなす、決して仕事ができない人間ではないのだと、東京に行ってから多美は滋二を見直すことになった。

多美は妊娠した。嘉子は出産の経験がなかったから、傍でおろおろするばかりだったが、根が丈夫な多美は経験豊かな産婆の手もあって安産だった。小さいけれど元気な女児で滋二が寛子と名づけた。

一雄の親方が探してくれた家は一棟を二軒に仕切った平屋建てで六畳と四畳半と三畳ほどの納戸、あと台所と便所がついていた。最初は四畳半一間が多美たちの部屋だったが、寛子が生まれてからは、納戸も使わせてもらえることになった。銭湯に一日、時には二日おきくらいに通っていたが、赤ん坊はそんな訳にもいかないと、狭い庭に母屋の庇を伸ばすようにして屋根をつけて、盥で毎日沐浴をさせた。後には、寒くない時季は大人もそこで行水ができるように塀もめぐらした。それらの大工仕事も滋二が器用にやってのけた。

三年後、二人目を出産した。男の子で雅彦と名づけた。寛子も雅彦も嘉子によくなついて、多美は随分助けられた。ちょっと変わった兄弟二家族の同居生活はそれなりに落ち着いていた。

だが、突然、滋二は仕事を失った。

まだ、陽の高いうちに滋二が帰ってきた。最近滋二の仕事が減っていて、帰りの早いことも時々あるので、寛子とお手玉をしていた多美はさほど気にもせず背中を向けたまま、お帰りと声を出した。

「お手玉か」

滋二は多美の前に回り込んで胡坐をかくと、暫く二人の様子を見ていた。お手玉は着物をほどいてもんぺを仕立てた残り布でつくった。

「これ、中身は」

「数珠玉。前に河原で見つけて、集めておいたの」

滋二は小さく頷いた。祖母の小梅が多美たちにつくってくれたお手玉には小豆が入っていた。今あのお手玉が手元にあったら中の小豆を喜んで食べてしまうだろう。

「ご時世だもんな。どれ、お父ちゃんにもやらせてくれ」

滋二は、一つを放り投げては落ちてくるのを受けとめるだけの寛子からお手玉を取ると、最初は二つ、次には三つをかわるがわる宙に舞わせた。寛子が小さい手で拍手をした。その寛子を膝の上に抱くと、

「大将が、満洲に行くことになった」

突然、滋二はそう言った。東京での仕事は、アメリカとの戦争が始まってから少なくなっていて、大将は狭い日本に見切りをつけたのだと。

「大将が、一緒に行くかと言うんだが」

「満洲へ、ですか」

滋二はこっくりと頷いた。

「どう思う」

また突然だ。婚礼といい、東京へ来た時といい、多美の生活の変化はいつも突然で、自

分の意志とは関わりなく、よそからの力で動いてきた。だが——。

「行きたいんですか」

滋二を見つめた。

「私は——嫌です。行くなら、一人で行ってください」

滋二は一度俯いて、それから顔を上げると、膝の中の寛子をあやすように言った。

「お母ちゃんは何を一人で怒ってるんだろうなあ、お父ちゃんが一人で行く訳ないよなあ」

「お父ちゃん、どこ行くの」

寛子が訊いた。

「どこにも行かない」

滋二は何度も繰り返した。


夕飯の支度をしなくてはならなかった。

嘉子が一雄の仕事関係の人から電話で呼び出されていた。少し前に大家が汗を拭きながら電話がかかっていると嘉子を呼びに来た。要領を得なかったが、どうも一雄が怪我をしたようだと、嘉子は慌てて出て行った。それまで相手をしていた嘉子が急にいなくなって雅彦は不機嫌になり、挙句泣き出したのをやっと宥めたところだった。

さて、と考えて多美は途方に暮れた。さっきまで雅彦と遊んでいた嘉子は、今夜の夕飯をどうするつもりだったのだろう。

N町にいる時もそうだったが、台所に立つのは大体が嘉子の仕事だった。子だくさんの上に店が忙しかった多美の母親の小菊は、飯だけは炊いたが、後は店で売っている缶詰やら佃煮やらをあてがうだけのことが多かった。小さい頃から針を持つなど家事はいろいろ手伝ったが、食事の支度は殆どしたことがなかったから、多美には苦手意識があった。だが、嫁いでみると、台所は嘉子の領分で多美は掃除や洗濯にまわった。客人の多い家のそれはなかなかの仕事量で、却って嘉子に感謝された。

東京に来てからも多美と嘉子の分担は変わらなかった。食糧が切符や配給制になって手に入れるのが難しいこの頃でも、嘉子は何とか上手にやりくりしていた。

だが、嘉子は出かけてしまった。いまは自分がつくるしかないのだが――。米櫃に米は何とかある。だが、大根などの野菜を入れている木箱は殆ど空で、隅に小さい玉葱が二個転がっているだけだ。

多美は困惑していた。

今から買い物に行くにしても最近は店に品数がなくて、しょっちゅう売り切れだ。あちこち回ればまだ何か手に入るだろうか――考えていた時、滋二が帰ってきた。多美が事情を話すと、では俺がつくろう、買い物に行ってくる、とさっさと出かけ、少し経って戻ると台所に立った。

滋二がつくったのはカレーライスだった。結婚前は食べたことがなかったが、婚家では時々出た。

「久しぶりだね」

初めて見た時はちょっと臆したけれど、じきに好きになった。今日のカレーも以前とは味が違うが、美味しい。

「カレー粉なんか良く手に入ったね」

うん、滋二は頷き、知り合いから分けてもらったと言い添えた。

「カレーを食べるのも、もう最後だと思って」

「カレー粉、お店で見かけなくなったものね」

カレーライスは軍用食だから、あるところにはあるんだが、と滋二は小さい声で言うと、匙に盛り上げたカレーをゆっくりと口に入れた。

嘉子が帰ってきたのは日もとっぷりと暮れた後だった。寛子も雅彦も寝入っていた。滋二のカレーを温めて出すと、目を見開いて驚いて、口に運び、美味しいと呟いて涙ぐんだ。

一雄は電柱から落ちて怪我をし、病院に運ばれたのだった。暫く入院になる。

「危ない仕事なんだな」

滋二が声を出した。

嘉子は匙を運ぶ手を止めて滋二と多美を見た。

「仕事に余裕がなくなってるって、一緒に現場にいた人から聞いた。以前だったら、危険防止の手順ももっとしっかりしていたんだけどって」

匙に掬ったカレーを見つめた。

「戦争で、人がいなくなってるから――」

滋二が黙って頷いた。

一雄は半月近く入院し、何とか動けるようになって嘉子と二人N町に引き揚げて行った。怪我人を抱えた落ち着かない日々がふいに終わって、多美は滋二と小さな二人の子どもと四人、棲家を失って東京に取り残された。一雄たちと一緒に帰るという手もあった筈だが、踏み切れないでいる内に、二人は去って行った。多美たちは古屋を見つけて引っ越した。

少し経って嘉子から手紙が来た。

——多美ちゃん、元気ですか。手紙をもらったのに、長い間返事を書かなくてごめんなさい。あんまりいろんなことがあったものだから、途方に暮れながらバタバタしている内に日が経ってしまいました——。

嘉子によれば、一雄はまともに歩ける状態ではないけれどそれなりに落ち着いているという。それよりも帰ってみたら舅の市太郎がもう自分では起き上がれないくらい弱っているのだとあった。実は自分たちもこちらへ来て知ったのだが、すでに市太郎が担っていた仕事は別の男への襲名が終わっていた。披露の会も行ったが時期が時期で集まった人間も少なく形ばかりのものになったとも聞いた。市太郎と志乃は一雄と滋二を東京に送り出す時からそのつもりでいたのではないかと嘉子は書いていた。

嘉子の手紙を帰宅した滋二に示すと、滋二は電燈の下に手紙をかざし、立ったままくり返し目を通した。それから、卓袱台の前に座り込んでため息をついたが何も言わなかった。

「お義父さん、そんなに悪かったんですね」

返事を促すように滋二を見つめたが、滋二はあらぬ方を見ていた。

「お義姉さんだけに任せてしまっていいんでしょうか」

「お袋がいる」

小さな声だが、今度は返事が返ってきた。

滋二の心を占めているのは、父親の状態ではなく、市太郎が担っていた仕事がすでに生家の家業ではなくなり、滋二が好きだった世界が彼の前から消えたことかもしれないと多美は思った。粗末な食事の後、配給の酒を舐めるように飲む滋二の口元から囁くような口三味線が聞こえていた。ふと滋二を可哀想と思い、そんなことを思った自分に驚いていた。

間をおかず嘉子から二伸が来た。N町は県庁所在地の街からさほど遠くない。もし空襲でもあったら体の不自由な男二人を担ぎ出すこともできないので、嘉子の実家へ四人で疎開することにしたとあった。殆ど山と言っていいような田舎だが、以前家に出入りしていた男衆たちが付き添ってくれ、リヤカーや大八車も手配してもらえるから何とかなるだろう、と。東京も危ないから、いまの内に帰って来ないか、自分の実家は不便なところだが、部屋数だけはあるから受け入れることは可能だと書いていた。

滋二の仕事は頼まれ仕事を何でもする便利屋とでもいうものになっていた。男手が少なくなっていたし、器用な人間であったからかつかつでも暮らしは成り立っていたが、東京にも時々空襲があって、多美は嘉子の手紙に心が動いていた。


滋二に赤紙が来た。

冬が終わろうとする頃だった。二、三日冷たい雨が降り続いていたが、その時はいくらか小止みの風情で、多美は足袋や襦袢を繕うために、少しでも明るい場所を求めて縁側に近いところに座りこんでいた。傍で雅彦が眠っている。寛子はおとなしく糸屑や端布《はぎれ》で遊んでいた。玄関に声がした。仕事にあぶれてごろごろしていた滋二が立って行った。その背を見送って、空を見上げるともなく見上げると、軒先から雫がゆっくり滴って蹲踞《つくばい》にたまった水に落ちて小さな音を立てた。滋二が戻ってきた。

「赤紙だ」

声が上ずっていた。滋二がごくりと生唾を飲み込む音が聞こえた。滋二の手の中の、赤紙と呼ばれるものを暫く二人して眺めた。軒先からまた雫の落ちる音がした。

十年前、滋二は徴兵検査を受けた。この時肺にいくらか影があったようで結果は丙種合格。それで入営は免れたと聞いていた。

兵隊にとられないで済んだと、父の勇が聞いたら顔を真っ赤にして怒りそうなことを、滋二親子は言い合って安堵したのであった。

それなのに今頃になって。

「俺なんかまで召集するなんてな、よっぽど兵隊が足りないと見えるや」

何をどうしていいかわからず、多美はまた縫いかけていた布地を取り上げた。滋二の顔が見られなかった。

「なあ」

滋二が声を出した。

「はい」

向き直って、緊張して返事をした。

「尺八、を、吹いてはいかんだろうか」

一瞬言葉に詰まり、滋二の顔をまじまじと見た。表情は真面目だった。

N町にいる時はしょっちゅう尺八や三味線の音が家の中に響いていた。自分の結婚した男は、仕事もせずに遊んでいる人間なのだと思った。何かの拍子にそのことを咎めた時、滋二は申し開きもせず気弱く笑っただけだった。情けなかった。

だが、東京に来てからの滋二は一所懸命で誠実だったと思う。何より不器用な多美を庇ってくれた。母親から教わるべきことを教わらず何もできない多美をなじることもしなかった。

「いいんじゃないですか」

多美は無理にも笑顔をつくって言った。

東京に来て暫くは時々音を出していたが、このご時世にと嫌味を言われてから柳行李に仕舞い込んである尺八。

「誰か文句を言ってきたら、もうすぐ出征なんだから、と私が言い返します。夫婦で壮行会をしているんだと言います」

滋二が声を出さずに笑った。優しい笑顔だと思った。忘れまいと思った。

滋二の入隊の日も雨が降っていた。小さな子どもを二人も連れては入営地まで付き添えなくて駅までの見送り。雨の中を滋二は一人で発って行った。

多美は寛子と雅彦を連れて実家に帰った。嘉子の生家を頼るのは気が引けた。勇に相談すると、帰って来いとすぐに返事があった。鈴たちも来ている。出征兵士の家族だ、何を遠慮することがある、と。


大事な放送があるから一緒にラジオを聞くようにという話だったが、勇がダイヤルを回して調整をしている前で、二歳の雅彦がぐずぐずと泣き出した。多美は雅彦を抱き上げて外へ出た。

暑い陽射しを避けて、木の下蔭を選んで少し歩き、雅彦を下ろした。抱いていた胸元にびっしょりと汗がたまっている。手拭いを広げて、雅彦の頭をくしゃくしゃと拭き、自分の首筋と、身八つ口から手を差し入れて脇の下も拭いた。

「もう疲れちゃったねえ」

雅彦に話しかけた。雅彦は神妙にこちらを見上げている。

「お父さんはどこにいるかわからないし、生きてるのか死んでるのか」

自分の言葉にぎょっとした。

「この先、どうなるんだろう」

雅彦が黙って頷いた。わかる筈もないと思うのに、その真面目な顔つきがおかしくて少しだけ笑った。

「さ、帰ろうか」

そう言うと、雅彦は抱っこというように両手を差し出す。

「暑いから、自分で歩いて」

そう言い捨てて先に立って歩き出すと、ぐずぐずと訳のわからないことを呟いてしゃがみ込む。仕方がない、お腹もすいたのだろう、大事な話だというのに出てきてしまったのだからともかく帰ろうと、抱き上げて家に戻った。

土間の敷居をまたぐ前から、妙なざわめきが屋内に漂っているのを感じた。お勝手の上がり框に雅彦を下ろした時、全くねえ、全く、と小菊がぷりぷりした様子で座敷から出てきた。後に鈴が続いている。

「さ、ともかく、ご飯の支度。腹が減っては戦ができぬ」

小菊がきびきびとそういうと、

「もう戦は終わったのに」

控えめに鈴が返す。

ぽかんと見上げる多美に気づいた鈴が、

「戦争、終わったみたい」

え？

「終わったんだよ。日本が敗けたの」

小菊が腹立ち紛れとでもいうように言った時、奥から唸るような声がした。悲鳴のようでもあった。

「あれは」

「父さん」

鈴が顎をしゃくって奥を示してから、

「行って見たら。慰めようもないけど。そのあと、ご飯の支度、手伝って」

雅彦の手を引いて、奥の座敷に入った。ラジオの前に勇がひれ伏していた。背中の辺りから、おおう、おおうと絞り出すような声が立ち上っていた。肩が大きく上下する。泣いているのだった。畳に額を擦り付けて父が泣いていた。雅彦が腰に縋り付いてきた。

父が口の中で何やら呟いている。耳をそばだてると、申し訳ありません、申し訳ありませんと繰り返している。誰に謝っている？　と考えてから天皇陛下だと気が付いた。申し訳ありません――か。そういうことなのか。良くわからなかった。だが、父の姿から、間違いなく日本が戦争に敗けたのだと得心が言った。

「多美ちゃん、そろそろ来て。勝っても敗けてもお腹はすくんだから」

鈴が呼びに来た。

「ね、切腹なんかしないよね」

鈴の耳元に口を寄せて囁く。鈴は首をすくめてから、そっとかぶりを振った。

「大丈夫でしょ。ひと泣きしてお腹がすいたら憑き物が落ちるよ」

小さく舌を出す鈴の顔を見つめ、父の汗に濡れた背中を一瞥してから、雅彦の手を握りしめて、多美は踵を返した。

縁側から見上げる空が青い。ふと、滋二の口三味線が聞こえたような気がした。

あとがき

二十年と少し前、五十歳を前にして妙な感覚にとらわれていた。いつの間にか五十年を生きていたのだが、たかだか自分一人が生きてきたその五十年という年月を、少し前まではずいぶん長い時間として捉えていた、と思ったのだ。

十八歳の時大学を受験した。その受験会場に大きな立て看板があった。ベニヤ板を何枚か接ぎ合わせたものに紙を張って、赤や青のペンキでスローガンや政治的主張を記す所謂「タテカン」はその後入学した大学で毎日のように見ることになったが、その時はもの珍しかった。

そのタテカンには、一年後の明治百年を大々的に祝おうとする、時の政府の動向に対する鋭い抗議があった。

その時、私は、その是非よりも、江戸時代が終わり、明治時代が始まって百年という事実を改めて胸に刻んでいた。日本の「近代化」は百年も前のことだ、はるか昔の歴史的出来事なのだ、と。

百年というのは長い長い時間の筈であった。五十歳を前にして、自分はその長い時間の半分を、一人の「生」として生きたのかという思いを持った。今の私の二人分が生きた時間で、簡単にあの時、はるか昔、と思った時点に戻るし、例えば「五十年戦争」と言われるようになった日清戦争から太平洋戦争の終戦までも私一人分の「生」で足りる、はるか遠くの歴史的事件の筈のロシア革命など、私が生まれるたった三十年前の出来事なのだ。

そんなことを考えていたら、五十数年前の「戦争」も、ほんの少し前のことだと思われて、そして自分は、そのほんの少し前の戦争をはるか昔の出来事のように考えることで、戦争のできる国に近づこうとしている情勢に、機敏に反応せずにいると忸怩たる思いに駆られた。

そして、考えたのは、自身の生の証として小説を書いている以上、戦争に対する思いもまた、小説にすべきだろうということだ。勿論、私は戦後生まれで、戦争体験はない。だが、子どもの頃から父母の話に何かにつけて戦争は登場した。私の生まれる少し前まで戦争はあったのだ。

そんな風に考えていた筈なのに、仕事や姑の介護などに追われる日々を過ごしている内に、両親は衰えて行って、気が付いた時は、聞き取りをしようにも十分に話も出来ぬ状態になっていた。本当に悔やまれる。

この短編集に収めた四編の内三編（「紫陽花」「揺れる海」「捕虜収容所」）は、地域の九条の会の活動で聞いた話を元に、多くの人に話を聞き、いろいろな資料を繰って何とか形にできた。「口三味線」は同居の姑の昔話を元に、知らない世界を調べながら書いた。

知らない時代のこと、知らない土地のこと、知らない分野のことを書くのは怖い。だが、記憶は引き継がなければ永遠に消えるということも、取材や調査の中で強く感じた。戦後生まれである以上、もはや行ってみることのできぬ土地である以上、消えてしまった世界である以上、調べて書くしかないのだ。

そしてまた、小説にする時、どんな風に描くかということもこれらを書くときに考えていたことだ。四作品はそれぞれに迫り方が少しずつ違う（と思っている）。小説の書き方はいろいろだけれど、題材にあった迫り方を考えることもまた大事なことだと思っている。

これからも、埋もれているものを発掘できれば、そしてそれを小説にして、多くの方々に読んでいただければと思う。

最後に、この短編集にとどまらず、初期からの多くの作品に言及し、私が挑んできたこと全体について解説してくださった松木新さんに改めてお礼を申し上げたい。

二〇二〇年十一月十五日

青木陽子

解説

松木　新

本書は青木陽子の四冊目の著書にあたる。『斑雪』（一九九九年　東銀座出版社）、『日曜日の空』（二〇〇五年　新日本出版社）、『雪解け道』（二〇〇八年　新日本出版社）は、それぞれ『民主文学』、『女性のひろば』、「しんぶん赤旗」連載の長篇小説である。

一九八九年、「一輪車の歌」で『文化評論』文学賞を受賞した青木陽子は、三篇の長篇小説以外に、『民主文学』だけでも二十四篇の短篇小説と、文芸時評や作品論などを発表してきた。

青木陽子の文学には四つの問いかけがある。それは、「一輪車の歌」のなかの次の一節に、萌芽として芽生えていた。

〈今の社会は、あまりに個人の責任の範囲を越えるところでの苦労を強いられて、愛が壊れ易くなっているのではないだろうか〉

第一、家族とは何か。

『民主文学』のデビュー作「春」（八九年四月号）で、高校受験に失敗した長男の気持ちに寄り添いながら、他人への思いやりを大切にして生きていく家族を描いた青木陽子は、つづく「夏」（九九年）で、不況の荒波をまともに受けて崩壊の瀬戸際にある家族を守ろうとしている老人の姿を、印象深く刻んでいる。

『斑雪』の遼子は、義母の急な入院、職場環境の悪化など、働き続けることを困難にする問題に直面するが、それらの一つひとつに、逡巡しながらも誠実に対応し、少しずつ前へ進んでいこうとする。十五年後のこの家族の姿が、「桜祭り」（二〇一八年）で写し取られている。

「片栗の丘」（一六年）では、妻が乳がんの切除手術を受け入れたことから生じた混乱と、それを乗り切ろうとする家族の強さをすくい取り、「北横岳にて」（一七年）では、乳がんの治療に専念してきた主人公が、パートナーと北横岳に登る。快晴の頂上に立つ夫婦の姿には、情愛がにじみ出ている。

第二、女性の生き方とは何か。

『日曜日の空』は、団塊世代の母親たちを軸に、身近な問題をときおり語り合える生活空間を持つことの大切さが、さりげなく強調されている。日曜日のおしゃべりから発展し、進展していく前向きの明るさが、作品世界を包み込んでいる。

自立して生きている女性が直面しているさまざまな問題をまるごと提出している「薔薇の花束」（九五年）からは、そのような現実に立ち向かわざるを得ない女性たちの、熱情が伝わってくる。

第三、学生時代とは何だったのか。

『雪解け道』は、七〇年安保闘争の前夜、北国のK大学に入学した道子が、ニセ「左翼」暴力集団と民主的な学生とが対峙するなかで、〈連帯する人間、支えあう人間は絶望しない〉ことを体得するまでの物語である。他人を思いやることのできる想像力が〈連帯〉の根本思想であり、道子の自己変革のキーワードになっている。

「風に舞う」（九二年）、「雪の街」（九三年）も同じテーマの作品である。

青木陽子にとってこれらの作品は、自分の出発点を確かめるための、避けては通れない原点なのかも知れない。

第四、戦争とは何か。

本書に収録されている四つの短篇小説が、このテーマと響き合っている。戦後世代の青木陽子が、想像力と創造力を駆使して、未清算の過去を描きつづけるその作家精神は、天皇制ファシズムによって青春を扼殺され、戦後のこの国の復興に自らの再生を賭けた、戦後派文学者たちのそれに通底している。


「捕虜収容所」

現実を凝視し、気づかなかったことや見通すことができなかったことを、文学の言葉で見えるようにする文学観がリアリズムである。この創作方法にもとづいて、歴史的事実に生命の息吹を吹き込み、現代に甦らせたのがこの作品である。

名鉄有松駅近くの丘陵地帯にあった捕虜収容所に関する史実から、青木陽子が抽出したのが、人間の尊厳、人間の解放を本格的に意味するヒューマニズムである。

アジア・太平洋戦争末期、九州大学の医学部で行われた、米人捕虜に対する生体解剖事件を題材にした遠藤周作『海と毒薬』が、真逆の事件として、もしかすると、作者の念頭に置かれていたのかも知れない。

ヒューマニズムの具体的な在り様が、敗戦間際のこの国で、日本の医師秋月哲三と捕虜の軍医クラーノとの間に結ばれた〈同志愛〉であった。指輪と掛け軸のエピソードに加えて、秋月がBC級戦犯に問われなかった理由に、作者は〈同志愛〉の発露を見出している。

〈哲三とクラーノ氏の間には、敵味方を越えた友情、もしくは同志愛が育まれていた。横浜に呼び出された哲三は、尋問者に東洋医学について説きつつ、クラーノ軍医の名を出したに違いない。クラーノ氏はすでに帰国していた筈だったが、何とか連絡がついて、おそらく直ちに彼は哲三の人柄と医師としての真摯な態度を保証してくれたのであろう。電話であったか、手紙であったかわからないが、その証言は採用され、哲三は訴追されることなく、家に戻ってくることができた〉

テニス仲間の池山と私が、秋月医師の娘祥子を訪ね、質問する場面がある。

〈「そうした中で、個々には勿論、哲三先生とクラーノ氏のように友情や同志愛を育んだりということがあった。あくまでも個人だと思いますが、お父上にそれができたのはなぜだと思われますか」

「ヒューマニズムでしょうね」

池山の問いに祥子さんは即答した。

「個人の思想としてのヒューマニズムです。それが、戦時の体制や思想になびくことを食い止めていたのだと思います。父はヒューマンな人でした」〉

〈個人の思想としてのヒューマニズム〉を会得していたのは、知識人である秋月医師だけではなかった。

収容所の近くに住む農民は、トマトを食べたいといった捕虜に、青いトマトしかなかったが、それを持っていって喜ばれる。死んだ仲間の捕虜を大八車に乗せて焼き場へ運ぶ様子を見た農民の娘は、遺体に被せてある菰から足がはみ出しているのを目にして、〈「みんなおんなじ人間だで」〉と呟く。土に生きる庶民に根付いているヒューマニズムにまで、作者の筆が届いているのである。

祥子が、長い間沈黙していた理由についても、注目したい。

〈「実は父のこんな話は、ずっとしたことがなかったんです。いえ、そもそも私自身が、この事件は、あの時の、異様に寒々しかった家の中の様子を、おそらく自身の過去から消し去りたいような気持もあって、放り出すように忘れていたのです」〉

祥子はなぜ今になって話し始めたのか。そこには恐らく、若い女性理沙が、〈自分は今まで政治のことをきちんと考えたことがなかったけど、叔母の言うように、確かに最近の日本はちょっとおかしいと思い始めていると言った〉ことと、無関係ではないだろう。うそ寒い世情を肌で感じ取った祥子が、封印してきた過去とこの年になって向き合おうとしているところに、この国の行く末に対する作者の危機意識を見て取ることができる。

祥子の思いが、理沙の息子世代に引き継がれることを予兆する幕切れには、確かな手ごたえを感じた。

図書館の学芸員のセリフではないが、〈「いろいろ、埋もれてしまっている、いや無いことにされてしまっている歴史的な事象がある」〉のは確かだから、〈発掘しなければ、忘れ去られていく〉という私の決意を共有することの大切さが、改めて浮き彫りになってくる。埋もれてしまった歴史的事象を、暗渠化された愛知用水に暗示し、〈知らなければ下に水が流れているなど想像もできない趣〉だという隠喩が見事である。

「紫陽花」

満蒙開拓と原発を結び付けたユニークな作品である。

地域の「九条の会」で平和について語ることになった大塚喜久子は、八歳で敗戦を迎えた大連のことを話すために、大連日僑学校で同級生だった高橋勝一から当時の状況を聞く。原発事故後、〈「フクシマから、逃げてきている」〉勝一は、今は喜久子の近くに住む息子夫婦のところへ身を寄せている。

大連での日常生活を素直に受け入れ、美しい街のイメージしか持てないでいる喜久子の体験、「満州」の開拓地からようやく大連に辿り着き、平穏な大連の現実と過酷な逃避行のギャップに戸惑う勝一の体験、福島を離れて名古屋へ来たものの、後ろめたさから逃れることができずに、自分の居場所を探している勝一の体験―三つの体験が交差する地点からは、複雑多岐な体験を背負ってきた人間と、それを受け入れる側との関係性を、どのようにしたら良好なものに築いていけるのかという作者のメッセージが聞こえてくる。

敗戦で石を投げられる側になった喜久子が、勝一に語る場面がある。

〈「私も一度だけ投げたことがある。今でも心が痛むような記憶。だから、今度は投げられる側になっても仕方がないと。子どもだから、侵略とかそんな言葉は知らないけど、でも、こちらが理不尽だったのだということは、やっぱりどこかでわかっていたような気がする」〉

八歳の喜久子ですら〈「こちらが理不尽だったのだということは、やっぱりどこかでわかっていたような気がする」〉のだから、「神州不滅」を信じていた大人たちもまた、〈「こちらが理不尽だったのだということは、やっぱりどこかでわかっていた」〉はずだが、それにもかかわらず、〈理不尽〉な生活を大人たちはつづけていた。

原発事故についての勝一と喜久子の次の会話がある。

〈「ああ、安全神話――」

「そう、神話だから信じることにしていたんじゃないかって。本当に安全かどうかは専門家にしかわからないんだから。それなら偉い人が安全だって言って、それで自分たちのところは潤うから、だから安全だということにしていただけじゃないのかって。昔、神州不滅を信じていることにしていた大人たちみたいに」〉

「安全神話」を信じていたのは、原発を受け入れてきた地域の人たちだけではない。その原発に依存して文明を謳歌してきた多くの人たちにも共通している。「理不尽」に目をつぶり、「安全神話」に取り込まれている人々と、苛烈な体験を通過してきた人たちとの間に、どのような橋を架けることが可能なのか。

放射能を考えたら、若い人や幼い子どもたちが逃げなければならないのに、いい年をした自分が避難してきたという後ろめたさに苛まれている勝一は、スケッチブックを片手に、終日、広い公園を散策する。〈「僕の意識は今はとりあえず住所不定」〉という絶望を抱えて生きている勝一を象徴する印象的な場面である。

喜久子は勝一の〈意識〉のひだに寄り添い、そこからすくい取った事柄を、九条の会で語ろうとする。もう沈黙することは許されないという強い思いが彼女を突き動かしている。被ばくはしていないけれども、勝一と自分は同じ立ち位置にあるという覚悟が、喜久子の〈胸の底を漂う思い〉だろう。それは、〈我々はお互いを見つけたのだ〉という、「ウォール街を占拠せよ」運動に寄せたナオミ・クラインのメッセージに連なっている。

ノーマ・フィールドが、『天皇の逝く国で』〔増補版〕で、このメッセージに言及している。

〈いま起きている出会いは、時代の前後、経験の質や量の相違はどうあれ、いちばん大事なこと――この世の中を変えなければたまらない、と感じたから、いま、ここに来て、あなたのとなりに立っているのだ――という確認にはじまるのだ。もちろん経験や知識の蓄積を活かす道をみつけだすのは大事だ。同時に、若者も年配者も、歴史的危機を前にして、おなじ平面に立っていることも事実である〉(「あれから二十年余増補版へのあとがき」)

喜久子だけでなく九条の会に集う人たち、そして〈普通の人〉一人ひとりが、自分たちは〈おなじ平面に立っている〉という事実に到達して欲しいという作者の切望が、この作品の行間からあふれ出ている。

九月に狂い咲きする紫陽花、津波で海水をかぶった土に咲くかも知れないセシウム色の紫陽花に、侵略戦争そして3・11の災厄を象徴させた手法は、カキツバタの花の狂い咲きと被爆地ヒロシマを想像力の橋で繋いだ、井伏鱒二『かきつばた』に通じている。

〈「その時、僕の話をちょっとだけすればいい。神州不滅と原発の安全を信じることが正義だと錯覚し、二度も国に裏切られた僕の話を」〉と語る勝一の最後のセリフが、深い余韻を残す。

「揺れる海」

「紫陽花」と同様に、満蒙開拓と原発を題材とした作品である。「紫陽花」から一年半ほど後に発表されたこの作品では、二つの題材についての新しい発見がある。

津波でなぎ倒された墓に入っている人たちも被害者なのだ、という一節がある。

〈多くの墓石が、一斉に、一瞬になぎ倒される様を思い描いた。津波が押し寄せた時か、いや引いた時だろうか。お墓の墓場だ。お墓に入っている人たちは生きていないから被災者には数えられないだろうけど、やっぱり被害者なのだ〉

東日本大震災での死者たちについては、山形孝夫が、〈生き残った者は、死者の無念を自分自身の生き方として受け止めなければならない。死者との《共闘》です、「殺すな」の哲学の徹底ですね〉（『黒い海の記憶』）と語っていた。

〈死者の無念〉を引き受ける青木陽子は、さらに一歩踏みこんで、〈お墓に入っている人たち〉にまで視野を広げる。これはまったく新しい着眼点である。〈お墓の墓場〉や、放射能で墓参りができない現実は、〈多くの霊魂が、破壊された原発の周囲を放射能にまみれてさまよっている〉のだと告発している。

原発推進と満州開拓は国策として進められた。そして、この国の棄民政策が、3・11の被災者と満蒙開拓者の悲劇を加重させた。〈「国策――というものが、人を追いつめることがあることもわかった」〉という紗弥加の実感は真実味を帯びている。

茅盈が敦史と紗弥加に、国策は〈「金で魂を抜きにかかる」〉ことだと語る件がある。〈金で魂を抜きにかかる〉という新鮮な発想は、青木陽子の独壇場であり、この作品のキーポイントである。

原発に反対する人もいたのですか、という紗弥加の問いに、盈は淡々と答える。

〈「当然です。安全神話というけれど、そんなに単純に安全だと思っていた訳ではない。大体、原発は過疎の地域に造ります。そのこと一つとってみたってわかる。そういうことを過疎の地域の人間は敏感に感じています。けれども、その、都会の繁栄に対する劣等感というか負い目を逆手に取って金で魂を抜きにかかる。絶対安全とは思ってなくても、絶対危険とも言えん訳で、片方で金は確実な繁栄を約束しますからのう」〉

〈「反対しなかった人は魂を抜かれちゃったんですか」〉との紗弥加の質問に、盈は微笑むだけであった。そして話題を満蒙開拓に変え、満蒙開拓青少年義勇軍の一員として参加した十七歳の自分は、〈「やっぱり魂を抜かれていた」〉と語る。この場面に、作者は周到な配慮をしている。

原発賛成者を、魂を抜かれた人ととらえる発想は、原発を誘致した地域に分断をもたらすだけに避けなければならない。原発安全神話が崩れた今、官民総掛かりで宣伝しているのが、被ばくの安全神話である。このような攻撃と立ち向かうためには、安全神話に異議申し立てをするというただ一点で、同じ平面に立つことが求められているからである。

盈が壁一面の仏壇で、〈「震災以来、宗派など気にせずに、亡くなった人のためにここで線香を焚いています。仏様もそんな細かいことにはこだわらない」〉と語っている。国策を、金で魂を抜く行為と厳しく批判しながらも、国策に従わざるを得なかった人々との連帯を盈が希求していることを、象徴している場面である。

反戦平和の戦後精神が、この国の明日を準備する若者たちに着実に継承されていることを、作者は紗弥加と敦史を主人公にすえることで明らかにしたことにも注目したい。

「口三味線」

昭和十三年春から二十年八月十五日までを時代背景に、多美と滋二夫婦を中心にした物語である。〈高市《たかまち》〉〈口三味線〉、〈蹲踞《つくばい》〉、〈身八つ口〉など、一つひとつの言葉が、独特の風情を醸し出しており、読む者をこの世界に引き込んでいく。

実家が高市ということから、滋二は三味線や尺八などの芸事を身につけている。多美の父勇は水呑み百姓の出で、〈貧乏人でも天子様のために働けて生活も成り立つ軍隊が気に入って、一生軍人でいようと考えていた〉だけに〈国を守るため、天子様の御威光を世界にあまねく広げるため、軍隊は大事だといつも言っていた〉。

高市が実家の家業ではなくなったことを知ったその晩、〈配給の酒を舐めるように飲〉み、口三味線を爪弾く滋二。滋二に赤紙が来た日、隣近所を気にしながらも、柳行李にしまい込んでいた尺八を取り出して吹きはじめる滋二。八月十五日、ラジオの前にひれ伏し、〈申し訳ありません、申し訳ありません〉と繰り返しながら、畳に額を擦り付けて号泣する勇。彼らの身振りには、戦時下の庶民の実相が鮮やかに刻印されている。

この作品のタイトルにもなっている口三味線の場面は、谷崎潤一郎『細雪』の中で、幸子の口三味線に合わせて、妙子が「万歳」を踊るシーンと重なっており、特に印象深い。

　この物語でとりわけ注視したいのは、女性たちのたくましさ、したたかさである。滋二との結婚や、N町から上京する時など、多美の生活はいつも本人を差し置いて、周囲の思惑通りに決められてきた。多美は周囲に翻弄される生を強いられてきた。そのような多美なのだが、滋二が「満州」へ行くことを口にしたときは、〈「私は――嫌です。行くなら、一人で行ってください」〉と、二人の子どもの母親として、即座に拒絶する。

　玉音放送を聞いて泣き崩れる勇を心配した多美が姉の鈴に、〈「ね、切腹なんかしないよね」〉と耳元に口を寄せて囁くと、〈「大丈夫でしょ。ひと泣きしてお腹がすいたら憑き物が落ちるよ」〉と、意に介しない。

　平和と民主主義の戦後精神が、このような草の根の女性たちのたくましいエネルギーによって培われてきたことを、この作品は示唆しているといって良いだろう。

初出一覧

捕虜収容所　『民主文学』二〇二〇年十月号

紫陽花　『民主文学』二〇一二年二月号

揺れる海　『民主文学』二〇一三年八月号

口三味線　『民主文学』二〇一五年一月号

青木陽子（あおき　ようこ）
1948年三重県四日市市生まれ。金沢大学卒業
日本民主主義文学会会員、常任幹事
名古屋市緑区在住
著書に『斑雪』（東銀座出版社）
『日曜日の空』（新日本出版社）
『雪解け道』（新日本出版社）

民主文学館

捕虜収容所《ほりょしゅうようじょ》
2021年2月14日　初版発行

著者／青木陽子
編集・発行／日本民主主義文学会
〒170-0005　東京都豊島区南大塚2-29-9　サンレックス202
TEL 03（5940）6335
発売／光陽出版社
〒162-0811　東京都新宿区築地町8
TEL 03（3268）7899
印刷・製本／株式会社光陽メディア

ISBN978-4-87662-628-1 C0093